FRIGEL UND FLUFFY

BAND 1

DIE JAGD NACH DEM SCHATZ

FRIGIEL – ANGE

ILLUSTRATIONEN VON ANAKO

ULLMANN

Für Gabriel, Minecraft®-Experte, und seine geheime Identität.

Ange

Für alle, die mir seit der Eröffnung meines YouTube-Kanals folgen, und für alle, die Frigel und Fluffy womöglich mit diesem Buch entdecken. Ich wünsche allen eine gute Lektüre!

Frigiel

Published in the French language originally under the title:
Frigiel et Fluffy, les Origines, tome 1 : La chasse au trésor

Coverillustration: Anako

Für die deutsche Ausgabe:

Übersetzung: Judith Borchert
Lektorat und Satz: JB Bild | Text | Satz
Coveradaption: Beate Lennartz; Dirk Diederich

Gesamtherstellung:
Ullmann Medien GmbH,
Rolandsecker Weg 30,
53619 Rheinbreitbach

ISBN 978-3-7415-2449-3

10 9 8 7 6 5 4 3 2 1

www.ullmannmedien.com

Die Figuren

Frigel: 10 Jahre alt, Enkel von Ernald. Er hat seine Eltern nie kennengelernt und weiß nicht, was ihnen passiert ist. Er lebt in Lanniel.

Fluffy: Frigels Hund.

Ernald: 60 Jahre alt, Frigels Großvater. Mann mit rätselhafter Vergangenheit, der das Dorf sehr häufig verlässt.

Hermeline: ältere Dame, Frigels Nachbarin und Beschützerin.

Ophelia: 11 Jahre alt, Frigels beste Freundin. Auszubildende bei Bartholomäus dem Architekten.

Xander: 19 Jahre alt, Ophelias Bruder.

Erik: 13 Jahre alt, Frigels Rivale.

Jenna: 10 Jahre alt, Eriks Schwester.

Brough: 11 Jahre alt, Eriks Cousin.

Mirka: 12 Jahre alt, Freundin von Ophelia, ebenfalls Auszubildende bei Bartholomäus dem Architekten.

Bartholomäus: berühmter Architekt, der im Dorf lebt.

Lludd Law: mythischer Krieger, der König der Welt wurde.

Askar Raug: mächtiger Hexer und Zwillingsbruder von Lludd Law.

Kapitel 1

Der Sonnenblock begann hinter dem Wald von Arden zu verschwinden, unheimliche Geräusche erfüllten die Luft, überall raschelte und knackte es. Es war schon spät, fast sechs Uhr, und Frigel hatte seinen Hund verloren.

„Fluffy", rief er. „Fluffy!"

Keine Antwort. Beunruhigt ging Frigel weiter in die fortschreitende Dunkelheit hinein. Gerade erst zehn Jahre alt geworden, befand er sich ganz allein im

Wald. Das war nicht sehr ratsam, hatten doch die Zombies die schlechte Angewohnheit, nachts aufzutauchen.

„Fluffy!"

Endlich, ein freudiges Bellen antwortete dem Jungen. Überglücklich beschleunigte er seine Schritte. Uff, da war sein Hund, gesund und munter. Hinter ihm erhob sich eine Felswand des Hochplateaus Ghasthöhe, das bekannt war für seine von Monstern bewohnten Höhlen. Frigel hatte sich weit vom Dorf entfernt, viel weiter, als er hätte sollen. Der Heimweg würde eine gute Stunde dauern.

„Fluffy, komm, wir gehen", ordnete er an, „oder die Zombies werden uns in die Waden beißen!"

Fluffy bellte erneut. War es, um ihn daran zu erinnern, dass Hunde gar keine Waden haben? Nein, Fluffy wollte ihm etwas zeigen. Tatsächlich, auf die Felswand war eine merkwürdig glitzernde Rose aufgemalt. Frigel runzelte die Stirn. Die Blume erinnerte ihn an etwas. An was bloß?

Das Gemälde schien neu zu sein. Doch wer sollte es in dieser verlassenen Ecke des Waldes angefertigt haben? Die einzige Künstlerin, die Frigel kannte, war seine Freundin Ophelia – sofern man ein Mädchen von 11 Jahren als „Künstlerin" bezeichnen konnte. Aber niemals hätte sie es gewagt, sich so weit vom Dorf zu entfernen. Auch fragte sich Frigel, wie wohl der rote Apfel, den er im Hohlraum eines fehlenden Blocks im Felsen entdeckte, dort hingekommen war. Gab es in der Nähe einen Apfelbaum? Seltsam …

Fluffy bellte, Frigel kam abrupt in die Realität zurück.

„Beim Ende! Die Zombies!"

Er packte seinen Hund, nahm ihn auf den Arm und begann zu laufen.

Kapitel 2

„Ich muss vor Sonnenuntergang zu Hause sein! Ich muss die Befestigungsanlagen des Dorfs vorher erreichen!“, dachte Frigel, während ihm Dornenranken gegen die Oberschenkel schlugen.

In der Dämmerung wurden die düsteren Zweige der Bäume immer länger. Frigel, dem es nicht an Vorstellungskraft mangelte, sah den Sonnenblock bereits hinterm Horizont verschwinden und die Zombies aus der Erde kommen, um sich auf ihn zu stürzen.

„Fluffy, ich bin ein Idiot, so weit gelaufen zu sein!"

„Wuff!", antwortete sein Hund mit einem Bellen, das etwas zu viel Zustimmung ausdrückte.

„Fluffy, ich bin ein Blödmann!"

„Wuff!"

„Fluffy, du musst nicht immer meiner Meinung sein!"

„Wuff!"

Schließlich erreichte Frigel den Waldrand. In der einsetzenden Dunkelheit zeichneten sich die friedlichen Häuser des Dorfs Lanniel und der hohe Wachturm als Umrisse ab. Allein die Wiese des schiefen Baums trennte Frigel noch von der großen Eingangspforte. Eine letzte Anstrengung und er wäre in Sicherheit. Außer Atem blieb der Junge stehen, bevor er sein Ziel erreicht hatte.

„Ich kriege keine Luft mehr", brachte er keuchend hervor. „Ich kann einfach nicht mehr renn…"

Die Sonne verschwand. Ein seltsames Knirschen ertönte hinter dem Jungen und eine dürre Hand streckte sich nach seiner Schulter aus.

Frigel sah sich nicht mal um; er nahm die Beine in die Hand, drückte seinen Hund fest an sich und lief in dem Moment durch das Gittertor von Lanniel, als es sich für die Nacht schloss.

KAPITEL 3

Gerettet!

Frigel ließ sich völlig erschöpft zu Boden fallen und lachte erleichtert. Fluffy begrüßte freudig den herankommenden Xander, den älteren Bruder von Ophelia, der Wachdienst hatte. Während sein Kollege oben auf dem Turm geblieben war, empfing er die Verspäteten.

„Also", meinte Xander mit gerunzelten Brauen, „das war knapp!"

„Entschuldigung, ich bin zu weit gelaufen."

„Das war unvernünftig", erwiderte Xander. „Du bist zu jung, um solche Risiken einzugehen! Was würde dein Großvater sagen?"

„Ich werde in Zukunft vorsichtig sein, versprochen", antwortete Frigel. Er wollte das Thema nicht vertiefen.

Er bedankte sich bei Xander und entfernte sich mit schwerem Herzen. Sein Großvater ... Sein Großvater war nicht oft da und wenn doch, beachtete er seinen Enkel manchmal kaum. Oh, Ernald war ein guter und liebevoller Mensch. Nach dem Verschwinden von Frigels Eltern hatte er den Jungen unter seine Fittiche genommen, er liebte ihn, ernährte und lehrte ihn, aber Frigel hatte manchmal den Eindruck, dass Ernald abwesend war, an andere Dinge dachte, von Geheimnissen vereinnahmt war, die er nicht teilen wollte.

Wie dem auch sei, es war Zeit heimzugehen. Das ins goldene Licht der Fackeln getauchte Dorf sah wundervoll aus: die mit Stein eingefassten Wege und die eleganten Holzhäuser, darunter einige mehrstöckig, entworfen von dem berühmten Architekten Bartholomäus.

Frigel nahm die kleine Brücke über den See und wählte dann einen unauffälligen Heimweg, um einer gewissen Gruppe von Kindern, die er keinesfalls treffen wollte, aus dem Weg zu gehen.

Kapitel 4

Fehlanzeige!

„Ah! Da ist ja der kleine Enkel vom Hexer!", kreischte eine Stimme.

Frigel drehte sich um und war wenig erstaunt, seine beiden Erzfeinde, Erik und Brough, zu entdecken. Sie lehnten an einer Hauswand.

Erik, 12 Jahre alt, hatte blonde Haare und blaue Augen, war groß und dürr. Er und sein Cousin Brough, ein kleiner, kräftiger und muskulöser Junge mit dunklen

Haaren, hatten Frigel auf dem Kieker, seitdem er hier angekommen war. Er hatte nie wirklich verstanden, warum. Vermutlich weil er und sein Großvater Zugezogene waren, Frigel ein Waise war oder weil Ernald den Ruf eines Exzentrikers hatte.

Anfangs hatte Frigel versucht die Sache zu klären, doch vergeblich: Erik und seine Bande hatten ihn zum Prügelknaben auserkoren. Meistens ignorierte Frigel die Provokationen. Aber dieses Mal ...

Sein Großvater ein Hexer?

„So ein Quatsch! Mein Großvater detestiert die Hexerei", stellte Frigel klar.

Erik, der Boss der Bande, trat einen Schritt näher.

„Detestieren??? Was ist denn das für ein Wort? Kommt das aus der Sprache der Hexer?"

Frigel maß ihn mit Blicken.

„Detestieren bedeutet verabscheuen. Sorry, das ist wohl zu kompliziert für dich, Erik."

Klar, das war eine Provokation. Doch Frigel war es leid, dauernd angegriffen und bedrängt zu werden, und außerdem konnte er es unter keinen Umständen hinnehmen, dass sie seinen Großvater beleidigten. Erik warf Frigel einen düsteren Blick zu und trat einen Schritt näher.

Brough tat das Gleiche.

Fluffy begann zu knurren. Frigel bewegte sich nicht.

„Und meine Faust in deinem Blockgesicht", stieß Erik hervor, „ist das zu kompliziert für dich?"

„Probier es aus", antwortete der Junge.

Erik stürzte sich auf ihn. Frigel und sein Gegner wälzten sich auf dem Boden. Brough wollte Frigel in die Rippen treten, doch Fluffy bohrte seine Zähne in Broughs Knöchel. Dieser kreischte, fiel auf den Hintern und schrie: „Du elender Köter!" Brough stand auf und versuchte Fluffy zu packen, der jedoch mit einem spöttischen Bellen durch seine Beine entwischte. Erik und Frigel waren noch auf dem Boden ineinander verkeilt (Erik war zwei Jahre älter, doch die beiden Kontrahenten waren gleich stark), als starke Frauenhände die beiden Kampfhähne am Kragen packten und kraftvoll hochzogen.

„Erik! Frigel!", brüllte die Frau erbost. „Schämt ihr euch nicht?!"

Sie war schon älter, etwas rundlich und in ihrem für gewöhnlich warmherzigen Gesicht sprühten die Augen vor Wut. Sie schüttelte die beiden Jungen.

„Entschuldigung, Hermeline", murmelte Frigel.

„Ja, es tut mir leid, Hermeline", brummelte Erik.

Die resolute Dame ließ die beiden Missetäter los und schien sie mit ihren Blicken töten zu wollen. Die beiden Jungen waren voller Sorge: Bei all ihrer Großherzigkeit waren Hermelines Anfälle von Unmut doch legendär. Brough stand auf und rieb sich das schmerzende Gesäß, während Fluffy einen leisen Siegeslaut kläffte.

„Lanniel ist ein zivilisiertes Dorf, verstanden?", schimpfte Hermeline. „Eine Gemeinschaft. Wir unter-

stützen uns gegenseitig, wir helfen uns, selbst wenn wir einander nicht schätzen, vielleicht dann sogar besonders."

„Ja, Hermeline", stotterten die Jungen.

„Also, hört mir gut zu. Wenn ihr euch wieder prügelt, als wäret ihr Schweinezombies, die man unter dem Rüssel kitzelt, dann werde ich euch das Blockfell gerben. Keine angenehme Erfahrung, das sage ich euch. Brough, das betrifft auch dich!"

Die drei Jungen schworen alles, was Hermeline wollte.

„Frigel, du kommst jetzt mit mir", ordnete die alte Dame an, und der Junge folgte ihr auf dem Fuße, ohne jede Widerrede.

„Ach, die Kinder von heute ...", seufzte Hermeline, und strebte mit großen Schritten ihrem Zuhause entgegen. „Zu meiner Zeit waren wir brav. Ich habe keine Dummheiten gemacht!"

Obwohl Frigel überzeugt war, dass sich die Kinder auch zu Hermelines Zeiten gezankt hatten, sagte er nichts. Er verspürte keinerlei Lust, die Wut seiner alten Freundin erneut zu entfachen.

„Also gut, heute Abend isst du bei mir, mein Kleiner", kündigte sie an. Ich habe Straußenragout gekocht.

„Oh super!", freute sich Frigel, der dieses Gericht liebte und zudem ausgehungert war. „Danke! Ich muss bloß schnell meinem Großvater Bescheid sagen."

Hermeline blieb etwas betreten vor einer großen Eiche stehen.

„Ja also, das wollte ich dir gerade sagen", begann sie, „Ernald ist eben auf Reisen gegangen. Er hätte sich gern von dir verabschiedet, doch du warst nicht da."

„Aha", brachte Frigel leise hervor, mehr nicht.

„Er hätte dich nicht allein gelassen, wenn es nicht wichtig wäre", meinte Hermeline, der sichtlich nicht ganz wohl in ihrer Haut war.

„Bestimmt", sagte der Junge, ohne aufzublicken.

Kapitel 5

Das Ragout schmeckte hervorragend und in Hermelines Heim herrschte eine vergnügte Stimmung. Sie hatte einige Gäste eingeladen, so den Bürgermeister von Lanniel, der mit ihr über die Verteidigungsanlagen des Dorfs diskutierte, und den alten Marali, der Frigel Legenden aus der Gegend erzählte.

Eine Legende handelte von der alten, aufgegebenen Mine, in der sich die blauen Spinnen eingenistet hatten. Die Mine lag angeblich verborgen im tiefen Untergrund der Ghasthöhe, aber niemand hatte sie jemals wiedergefunden.

„Haroch der Mutige hat tapfer gekämpft", erläuterte der alte Marali, „doch es waren zu viele Kreaturen. Er musste fliehen und verlor dabei sein Obsidian-Medaillon. Noch immer liegt es dort."

Frigel, der nur mit halbem Ohr zuhörte, nickte höflich.

„Es ist ein Tapferkeitsmedaillon, geschmückt mit Schwert und Eichenblatt. Derjenige, der es in den Tiefen der Mine findet, wird ein Held sein", schloss der alte Mann.

Frigel lächelte, ohne der Geschichte groß Glauben zu schenken. Er hatte schon so viele Legenden von Lanniel gehört: „Der Vorfahr des Bürgermeisters, der ein Zombiepferd bezwang!", „Der Tag, an dem Haroch der Mutige den Enderman mit nur einem Blick in die Flucht schlug!", „Der Tag, an dem alle Hühner des alten Scran mit einem Zombiekind auf dem Rücken erwachten!" Die meisten dieser Geschichten konnten einfach nicht wahr sein, aber sie ließen die Kinder erschauern und verkürzten die langen Winterabende.

Das Abendessen verlief in bester Stimmung. Fluffy vergnügte sich mit den Knochen und den Resten des

Straußenfleischs und Frigel fühlte sich wunderbar getröstet, zumindest bis die Mahlzeit vorbei war und er sich in dem Zimmer schlafen legte, das Hermeline immer für ihn bereithielt, wenn sein Großvater unterwegs war.

Es begann kalt zu werden. Die Redstone-Lampe war ausgeschaltet. So gern Frigel den Angeber gespielt hätte, mit zehn Jahren ist es nie angenehm, allein bei Nachbarn zurückgelassen zu werden.

Mit einem Stich im Herzen rollte er sich in seine Decken ein. Sein Großvater war bereits das fünfte Mal in zwei Jahren fort. Seine Eltern hatte er nie kennengelernt. Abgesehen von Ophelia mochten ihn die Kinder des Dorfs nicht, niemand holte ihn jemals zum Spielen ab … Plötzlich fühlte sich der kleine Junge sehr traurig, wie er da in dem schmalen Bett lag.

Bis sein Hund sich mit einem liebevollen Jaulen an ihn kuschelte und zusammenrollte.

„Du hast recht, Fluffy", sagte der Junge leise. „Wenn man einen Freund wie dich hat, ist man niemals wirklich einsam."

„Wuff", antwortete der Hund, der sich mit tröstenden Worten auskannte.

„Ich bin deiner Meinung."

„Wuff, wuff."

„Ganz richtig. Und außerdem ist morgen das Dorffest. Wir werden uns amüsieren", murmelte der Junge, bevor er einschlief.

Und Fluffy betrat ganz schnell das Königreich der Hundeträume, einen Ort, an dem alle Skelette wohlriechendes Fleisch auf den Knochen tragen und sich mit Freuden abnagen lassen.

KAPITEL 6

Das Dorf Lanniel gab es seit Urzeiten. Noch immer wurden viele Legenden um seine Entstehung berichtet, wobei sich in einem Punkt alle einige waren: Eines schönen Tages hatte Haroch der Mutige, der berühmte Abenteurer, eine diamantene Spitzhacke in den steinernen Boden geschlagen und eine Quelle war hervorgesprudelt. Seitdem schmückte eine schöne Fontäne das Zentrum von Lanniel. Und jedes Jahr am gleichen Tag organisierten die Dorfbewohner ein großes Fest mit Tanz, Aufführungen, Musik und einem köstlichen Festmahl, um ihre Gemeinschaft zu feiern. Ein Höhepunkt war immer die Schatzsuche für die Kinder.

So war es wenig verwunderlich, dass Frigel sich an diesem Morgen nicht zwei Mal bitten ließ, sein Bett zu verlassen. Waschen konnte er sich dank des genialen Systems, das Ronny, der frühere Ehemann von Hermeline, installiert hatte: ein Ventil, eine nie versiegende Wasserquelle – mehr brauchte es für eine Dusche nicht. Frigel zog sich in aller Schnelle an und lief dann zum Platz der Fontäne, wo bunte Banner die Waffen des Königs Lludd Law zeigten. Appetitliche Speisen waren auf einem großen Tisch angerichtet: Apfelkuchen, Kürbistorte, der berühmte Kakao-Flan mit Karotten von Bartholomäus' Neffen und – zum Vergnügen der Kleinen – Bonbons, die wie ein Skelett oder Wither aussahen. Jeder konnte sich bedienen. Für die abendliche Vorstellung legte Ronny hinter einer Bühne letzte Hand an seine Marionetten.

Begleitet von Lanniels Bürgermeister schritt Hermeline in die Mitte des Platzes und verkündete:

„Bitte alle mal herhören! Die Schatzsuche wird in Kürze beginnen! Alle Kinder zwischen acht und dreizehn Jahren werden gebeten, sich am Dorfrand auf der Wiese neben dem schiefen Baum zu versammeln!

Die Ankündigung wurde mit Freudenschreien aufgenommen und die Kinder rannten zur Wiese. Frigel wollte ihnen gerade folgen, als er seine beste Freundin sah. Sie hielt ein Kuchenstück in der Hand und schien zu zögern.

„Ophelia!", rief er voller Glück, „was ist, wollen wir los?"

Das große, dünne Mädchen war rothaarig und hatte einen dunklen Teint. Da sie etwas kurzsichtig war, trug sie eine von Bartholomäus dem Architekten für sie entworfene Brille.

Sie nahm einen weiteren Bissen vom Kuchen, bevor sie ihr „Snob-Gesicht" aufsetzte. So nannte Frigel den Ausdruck, den sie annahm, wenn sie meinte, etwas oder jemand wäre nicht interessant genug für sie. Und das kam oft vor.

„Na ja, ich weiß nicht recht", sagte sie mit einem leicht verächtlichen Unterton. „Was werden wir da schon machen bei dieser Schatzsuche. Im Wald rumlaufen, Prüfungen bestehen und Rätsel lösen?"

„Ganz genau!", antwortete Frigel aufgeregt. „Genial, oder?!" Und es gibt eine Spitzhacke aus Diamant zu gewinnen! Eine Hacke wie jene, mit der die Fontäne geschaffen wurde!"

Fluffy untermalte die Nachricht mit einem begeisterten Bellen. Ophelia kräuselte erneut die Nase.

„Was soll man schon mit einer Spitzhacke aus Diamant anfangen?"

„Prima, dann überlässt du sie also mir. Ich rechne nämlich fest damit, zu gewinnen", erwiderte Frigel mit einem Lachen. „Los jetzt, Ophelia", fügte er hinzu und stieß sie freundschaftlich mit dem Ellenbogen an. „Komm schon, es macht mir viel mehr Spaß, wenn du dabei bist."

„Nun gut, dann komme ich mit, um dir einen Gefallen zu tun", lenkte Ophelia ein. „Lass uns gehen." Und obwohl sie es nicht zugab, hatte sie eigentlich große Lust, am Spiel teilzunehmen.

Sie rannten gemeinsam zur Wiese und Fluffy tollte fröhlich kläffend um sie herum.

Kapitel 7

„Ich begrüße euch bei der fünften großen Schatzsuche von Lanniel!“, verkündete der Bürgermeister.
Ronny, der den Kindern mit einer Trommel gefolgt war, untermalte die Worte mit einem feierlichen Trommelwirbel. Der Bürgermeister setzte neu an:

„Regel Nummer eins: Alle müssen eine Stunde vor Sonnenuntergang wieder im Dorf sein!“

Die Erwachsenen äußerten deutliche Zustimmung und Xander, der an der Organisation der Schatzsuche beteiligt war, schaute Frigel durchdringend an, als wollte er der Ansage des Bürgermeisters zusätzlich Gewicht verleihen.

„Regel Nummer zwei", fuhr der Bürgermeister fort, „niemand steigt in die Höhlen hinab." Mit strengem Blick fügte er hinzu: „Ich weiß, dass einige von euch trotz des Verbots bestimmte Gänge nutzen. Doch es ist gefährlich und gegen das Gesetz. Wenn ich einen von euch erwische, bringe ich ihn vor den Rat der Weisen und die Strafe wird erheblich sein."

Keiner sagte auch nur ein Wort. Frigel fragte sich, wer sich wohl in die Höhlen der Ghasthöhe gewagt haben könnte. Er jedenfalls würde das nicht riskieren, er war doch nicht lebensmüde. Er lenkte seine Aufmerksamkeit wieder auf den Bürgermeister, der seine Rede fortsetzte und erklärte, dass das Spiel zwei Tage dauern würde. Aus seiner Tasche holte der Bürgermeister die so begehrte diamantene Spitzhacke.

Bewunderndes Raunen erhob sich in der Menge und die Kinder tauschten aufgeregte Blicke. Diamant war selten in der Region um Lanniel – so war die Spitzhacke von großem Wert.

„Sie wartet auf dem Tisch unter diesem Baum auf euch."

Nachdem Ronny einen weiteren Trommelwirbel hatte ertönen lassen, verkündete der Bürgermeister:

„Und jetzt bildet ihr die Mannschaften!"

Umgehend begannen alle Kinder des Dorfs lautstark zu diskutieren. Frigel wandte sich zu Ophelia und Fluffy um.

„Die Mannschaft FFO steht und wir sind die besten!", gab er bekannt und erhob die Hand, damit seine beiden Mitspieler ihn abklatschen konnten.

Allerdings führte diese Geste nicht zum gewünschten Ergebnis. Fluffy konnte als Hund nur schwerlich jemanden abklatschen und Ophelia gefiel sich darin, erneut die Mundwinkel zu verziehen.

„FFO?"

„Frigel, Fluffy und Ophelia!", erkärte der Junge.

„Warum stehe ich an letzter Stelle?", protestierte sie. „Falls ich mitspiele, würde ich es bevorzugen …"

Sie sah Erik und Brough herankommen und hielt inne.

„Ach, die da, die sollen mir bloß aus den rechteckigen Augen gehen", raunte sie Frigel zu.

Erik baute sich vor seinem Rivalen auf.

„Also, Frigel", begann er mit einem abschätzigen Grinsen, „bist du bereit für die Abreibung deines Lebens?"

„Du scheinst dir deiner sehr sicher zu sein", entgegnete Ophelia sogleich. Indem sie auf Brough zeigte, fügte sie an: „Ist der da in deiner Mannschaft? Du weißt schon, dass er anstelle des Gehirns einen Schleimball hat?"

Frigel platzte fast vor Lachen. Als Brough wütend auf Ophelia zuging, trat er dazwischen und protestierte: „He, fass meine Freundin nicht an!"

„Du Kuhgesicht!", beschimpfte Brough Ophelia.

Diese erwiderte: „Ach, mein armer Brough, deine Beleidigung ist nichtig. Was soll einer, der Schleim im Schädel hat, schon sagen ..." Zu Frigel gewandt fuhr sie fort: „Weißt du, wenn Brough den Kopf schüttelt, quillt der Schleim aus seinen Ohren heraus, wegen der Bewegung und des Drucks."

„Ich mache Kleinholz aus dir", drohte Brough.

Glücklicherweise hielt Erik seinen Cousin zurück.

Er meinte: „Lass uns galant sein und keine Mädchen beleidigen, Brough. Außerdem ist Ophelia eine Freundin von Jenna." Zu Ophelia gewandt fuhr er fort: „Weißt du, Jenna ist nämlich auch in unserer Mannschaft."

„Das erhöht die Intelligenz in eurem Team deutlich. Mit Jennas Hilfe habt ihr sogar eine kleine Chance, nicht Letzte zu werden", erwiderte Ophelia.

Brough fing gerade wieder an, sich aufzuregen, als er von einem letzten Trommelwirbel unterbrochen wurde. Das Spiel sollte beginnen. Neun Mannschaften traten gegeneinander an. Erik und Brough kehrten zu ihrem Platz zurück, wo Jenna auf sie wartete. Diese bemerkte Ophelia und Frigel und winkte ihnen freundschaftlich zu.

Frigel erwiderte den Gruß mit einem Lächeln. Jenna, die kleine Schwester von Erik, hatte graue Augen wie ihr Bruder, doch ihre Haare waren kastanienbraun. Und vor allem war sie im Gegensatz zu Erik liebenswert und fröhlich. Genau genommen war Jenna neben Ophelia das einzige Kind im Dorf, das Frigel nicht feindselig begegnete.

Der Bürgermeister hielt eine mit einem Eichenblatt, dem Emblem von Lanniel, verzierte Fahne in Händen. Theatralisch hob er sie nach oben, um sie dann mit einem Ruck abzusenken.

„Los geht's! Möge die beste Mannschaft gewinnen!"

Kapitel 8

Die erste Prüfung war ein Wettbewerb im Bogenschießen. Ausgehändigt wurde den Teilnehmern nur eine leichte Stofftasche mit großem Fassungsvermögen. Den Bogen und die Pfeile sollten die Kinder selbst herstellen und sich dann so rasch wie möglich auf der Lichtung von Lohe einfinden. Diese war eine knappe halbe Stunde entfernt. Die Kinder stürmten schon alle dem Wald entgegen, als Frigel Ophelia zurückhielt.

„Nicht doch, hier lang", sagt er, während er sie nach links zog. „Am Flussufer stehen Pinien. Das ist näher!"

Sie erreichten die Baumreihe.

„Ich kümmere mich um die Werkbank", rief Ophelia, die bereits ganz im Spiel aufging.

Frigel hatte sich eine Tanne vorgeknöpft und brach mit bloßen Händen sechs Stücke Holz heraus. Ophelia war fertig mit der Werkbank und begann biegsame Äste zu sammeln, während Frigel eine Spitzhacke aus Holz für die weiteren Arbeiten herstellte.

„Wir haben keinen Faden für den Bogen", stellte er fest.

Natürlich gab es im Dorf mehrere Lager mit Faden, doch die Herausforderung bestand ja gerade darin, dass die Kinder allein zurechtkommen sollten.

„Faden? Wir müssen also eine Spinne töten", meinte Ophelia beunruhigt. „Mit einer Spitzhacke aus Holz schaffen wir das jedenfalls nicht."

Sie baute Stein ab und begann zwei Schwerter herzustellen. Während Frigel ihr Tun betrachtete, überlegte er. Es stimmte schon, Spinnen bauten Netze, die man als Faden nutzte, aber …

„Warte", meinte er, als Ophelia mit zweifelndem Blick die erste Waffe inspizierte.

Fluffy bellte fragend.

„Das ist zu gefährlich", erklärte der Junge. „Ich kann mir einfach nicht vorstellen, dass die Erwachsenen wollen, dass wir kämpfen. Und wo sollen wir diese Spinne überhaupt finden?"

„Bei den Höhlen", antwortete Ophelia zögerlich.

„Du hast gehört, was der Bürgermeister gesagt hat, wir dürfen dort nicht hingehen", entgegnete Frigel. „Nein. Es gibt ganz sicher eine andere Lösung. Die Alten kauen uns doch immer ein Ohr mit den Legenden vom Dorf ab. Vielleicht ist das der Schlüssel. Gibt es einen Ort, an dem ein großer Kampf mit Spinnen stattgefunden hat?"

„Das Arachne-Plateau!", rief Ophelia aus. „Haroch der Mutige!"

„Haroch? Der schon wieder?"

„Ja, er soll zwanzig Spinnen mit bloßen Händen getötet haben."

Frigel meinte nur: „Wer es glaubt!"

„Doch, das stimmt! Womöglich befinden sich ja die Spinnennetze noch auf dem Plateau", entgegnete Ophelia und fügte hinzu: „He, weißt du eigentlich, dass Erik und Jenna Nachkommen von Haroch dem Mutigen sind? Er war ihr Ur-Ur-Großvater."

Frigel schaute genervt gen Himmel. Das hatte noch gefehlt! Erik war so schon unausstehlich genug. Wenn er nun auch noch von einem großen Held abstammte, würde er ihm gegenüber mit Sicherheit ständig damit prahlen. Er selbst, Frigel, stammte von niemandem ab. Na ja, von seinen Eltern natürlich. Aber er wusste nichts über sie und sie hatten sicherlich keine Heldentaten vollbracht.

„Nun gut. Gehen wir?", brummte er.

Ophelia und Frigel ließen ihre Waffen in ihre Taschen gleiten und machten sich Richtung Plateau auf.

Kapitel 9

„Ich glaube, dort ist es“, flüsterte Ophelia.

Eine hohe Felswand baute sich vor ihnen auf, beeindruckend und zugleich etwas unheimlich. Sie war nicht leicht zu erklimmen.

„Ich hätte eine zweite Spitzhacke herstellen sollen“, meinte Frigel, während er sich daranmachte, eine Treppe in die Felswand zu hauen.

Einige Minuten später befanden sich Frigel, Ophelia und Fluffy auf einem großen Plateau. Der Wind heulte wie ein heiseres Phantom. Einem Echo gleich begann auch Fluffy zu heulen und Ophelia erhob beunruhigt ihr Schwert. Weiter hinten setzte sich die Felswand fort, erhob sich über ihnen wie ein Segel aus Stein und warf so viel Schatten, dass tatsächlich Spinnen hätten auftauchen können.

„Vielleicht sind hier immer noch Spinnen, lebendige meine ich", murmelte Ophelia.

„Dann bekämpfen wir sie eben", erklärte Frigel und umklammerte sein Schwert.

Doch seine Hand zitterte. Wenn da nun wirklich Monster wären ..., RIESIGE Spinnen? Womöglich verborgen hinter den Felsen dort vorn.

„BUH!", machte jemand direkt an seinem Ohr.

Frigel zuckte zusammen und schrie auf. Er drehte sich um – und sah Erik, der die Hand voller Spinnfäden hatte und hämisch grinste. Hinter den Felsen suchten Brough und Jenna den Boden nach weiteren Fäden ab.

„Ihr kommt zu spät, wir haben bereits alle genommen", erklärte Erik.

„Nein, es gibt genug Fäden für alle", stellte Jenna klar.

„Wir haben, was wir brauchen!", verkündete Brough. „Wir sollten keine Zeit verlieren, wenn wir die abhängen wollen, diese ...!

Er deutete auf die andere Mannschaft und unterbrach sich, um nach der passenden Beleidigung zu suchen.

„... diese einbeinigen Zombies, diese blockförmigen Straußenkrüppel, diese im Sumpf feststeckenden Schafe ..."

Frigel und Ophelia sahen sich an und waren nicht einen Block beeindruckt.

„Ich habe den Eindruck, Brough versucht uns zu beleidigen", machte sich Frigel lustig.

„Ach, das ist es also", stimmte Ophelia ein.

„Er möchte uns zu verstehen geben, dass wir langsam sind, und das auf beleidigende Weise. Verstehst du?"

Ophelia setzte nun ihr strahlendstes Lächeln auf und erklärte: „Entschuldige bitte, Brough, das habe ich nicht mitbekommen. Sonst hätte ich mich doch geärgert, um dir einen Gefallen zu tun. Aber es ist nicht dein Fehler, es ist der Schleim in deinem Kopf, der dir die Gedanken verklebt."

Frigel kam es so vor, als würden Erik und Jenna ein Lachen zurückhalten, um ihren Cousin nicht zu verärgern. Es schien ihm sogar so, als würde Erik Ophelia mit einer gewissen Bewunderung ansehen.

Frigel schüttelte den Kopf. Das war unmöglich. Er bildete sich da etwas ein.

„Nun gut. Danke Brough, die Nachricht ist angekommen. Lasst uns gehen", erklärte Erik und fügte theatralisch hinzu: „Lebt wohl, Mannschaft der Nieten plus Ophelia!"

Jenna, Erik und ihr Cousin stiegen auf dem Weg hinab, den sie für den Aufstieg auf der anderen Plateauseite gebaut hatten. Frigel, entnervt, begann genug Faden für zwei Bogen zu sammeln, während Ophelia sich umsah.

„Frigel, dieses Plateau muss tatsächlich Schauplatz eines großen Kampfs gewesen sein", sagte sie leise.

Frigel folgte ihrem Blick und schauderte. Die Kadaver der Kreaturen verschwanden zwar nach dem Tod, doch das Felsgestein auf dem Plateau war übersät von Spinnennetzen, die im Wind wie Girlanden aus Skelettknochen in der Luft flatterten. Beim Bart von Askar dem Hexer, wie viele es waren! Hier musste es von Hunderten von Spinnen gewimmelt haben. Die Vorstellung war furchterregend! Fluffy ließ einen besorgten Klagelaut hören, als könne er die Gedanken Frigels lesen. Für einen Moment schloss der Junge die Augen und stellte sich Haroch den Mutigen vor, wie er mit seinem Diamantschwert, umgeben von Horden monströser Spinnen, tapfer und entschlossen am Rande des Abgrunds kämpfte …

Nein. Frigel öffnete die Augen wieder und kam in die Realität zurück. Das waren doch alles Lügenmärchen, um die Kinder zu beeindrucken. Und außerdem, wenn Haroch wirklich ein Vorfahre von Erik war, gab es keinerlei Grund, sich für ihn zu interessieren.

„Lass uns gehen", meinte Ophelia.

Ein kurzes, ängstliches Kläffen entfuhr Fluffy.

Sie eilten, so rasch es ging, die Stufen hinunter und begegneten dabei einer weiteren Mannschaft, die gerade auf der Suche nach Spinnennetzen hinaufstieg. Es waren zwei Jungen und zwei Mädchen und sie zeigten sich sehr freundschaftlich – gegenüber Ophelia. Mirka, wie Ophelia eine Auszubildende bei Bartholomäus dem Architekten, beglückwünschte ihre Freundin dazu, dass diese das Plateau vor ihnen erreicht hatte. Dann warf sie einen misstrauischen Blick auf Frigel und fügte hinzu:

„Willst du nicht mit in unsere Mannschaft kommen, Ophelia? Dann wärst du in besserer Gesellschaft."

„Sie ist in bester Gesellschaft", erwiderte Frigel, der immer wütender wurde. „Komm jetzt, Ophelia."

„Es sind noch viele Fäden dort oben", verriet Ophelia Mirka, bevor sie sich wieder an den Abstieg machte.

Unten angekommen bellte Fluffy freudig, als wolle er die schlechte Stimmung seines jungen Herrchens vertreiben. Der Junge zuckte mit den Schultern. Sein Hund hatte recht, es machte keinen Sinn, betrübt zu sein. Die Kinder des Dorfs mochten ihn halt nicht, weil … weil er ein Fremder war? Weil seine Familie nicht aus Lanniel kam? Weil er keine Eltern hatte? Weil er nicht von was auch immer für einem – mit Sicherheit komplett frei erfundenen – Helden abstammte? Wie auch immer, sei's drum.

Er, Frigel, würde diese Schatzsuche gewinnen und ihnen damit allen zeigen, zu was er fähig war.

„Die Bogen", ordnete er an.

Eine neue Werkbank – und nach nur wenigen Momenten waren zwei solide Bogen gefertigt. Frigel musste sich nun unauffällig in einen Hühnerstall hineinstehlen, um Federn zu mopsen, während Ophelia Feuerstein für die Herstellung der Pfeile suchte. Eine knappe Stunde später war alles fertig und sie konnten zur Lichtung von Lohe laufen.

„Erik wird vor uns da sein", sagte Ophelia in unzufriedenem Ton voraus.

Und tatsächlich, als die drei Gefährten auf der Lichtung ankamen, verkündete Xander, der Bruder von Ophelia, der die ankommenden Mannschaften eintrug:

„Mannschaft von Frigel und Ophelia, zweiter Platz!"

„Wuff“, machte Fluffy, wütend darüber, dass man ihn vergessen hatte.

„Ach, wie schade“, trällerte Erik, der sich entspannt auf der Wiese ausgestreckt bräunte. „Zweiter … Das muss ja frustrierend sein, oder?! Weißt du, Frigel, also wenn meine Mannschaft den zweiten Platz gemacht hätte, ich hätte die Wut im Bauch.“

„Dann trifft es sich ja gut, dass ich reifer bin als du“, erwiderte Frigel großmütig. „Es braucht schon mehr, um mir die Stimmung zu verderben.“

„Das ist der erste Teil der ersten Prüfung!“, fügte Ophelia mit einem kleinen Lächeln an. „Da haben wir noch genug Zeit, euch einzuholen, denke ich.“

„Also du da, die aussieht wie ein Huhn“, sagte Brough, der Ophelia sichtlich auf dem Kieker hatte, „ich sag dir mal was. Ihr werdet höchstens Zweite, wenn nicht Letzte bei dieser Schatzsuche, verstanden?! Ihr werdet Tränen in den viereckigen Augen haben, glaub mir.“

Ophelia platzte vor Lachen. Brough hätte sie bestimmt weiter beleidigt, wäre er nicht von den anderen Mannschaften, die nach und nach eintrafen, abgelenkt worden.

„Achtung, seid ihr bereit?!“, verkündete Xander, nachdem alle Teilnehmer angekommen waren. Der Wettbewerb im Bogenschießen beginnt!“

KAPITEL 10

Eine Mannschaft hatte bereits aufgegeben. Die anderen acht begaben sich auf die andere Seite der Lichtung. Dort standen die Zielscheiben auf Loren, die sich wiederum auf Schienen befanden.

„Warum Schienen?", fragte Mirka.

„Ihr werdet schon sehen", erwiderte Xander mit einem wissenden Lächeln.

Ein Teil der Dorfbevölkerung war gekommen, um dem Spektakel beizuwohnen, darunter natürlich auch die Eltern der Teilnehmer. Die Kinder würden nacheinander ihre Pfeile abschießen, wobei die Mannschaften in der Reihenfolge ihres Eintreffens antreten sollten.

Erik, Jenna und Brough machten den Anfang. Und sie waren begabt, besonders Erik und Jenna. Erik spannte seinen Bogen, konzentrierte sich – und KLACK! Der Pfeil traf genau die Mitte der Scheibe. Jenna tat es ihm nach, nur Brough war nicht in Form.

Dann war die Mannschaft FFO an der Reihe und zeigte zwei perfekte Schüsse exakt ins Zentrum.

„Yippie!", freute sich Frigel und Ophelia sprang vor Freude in die Luft.

Dafür, dass sie anfangs nur wenig Begeisterung für die Schatzsuche gezeigt hatte, war Ophelia nun erstaunlich aufgekratzt und ganz bei der Sache. Die weiteren Mannschaften schossen nacheinander, die Zuschauer applaudierten und es herrschte eine fröhliche Stimmung. Frigel und Ophelia errangen mit ihren perfekten Treffern den ersten Platz. Sie waren schon dabei „Sieg" zu rufen, als Xander einen Schritt vortrat.

„Freut euch nicht zu früh", warnte er.

Er drehte sich um zu der jungen Frau, die ihm assistierte.

„Bereit?"

Die junge Frau betätigte einen Hebel und die Loren setzten sich in Bewegung. Aus diesem Grund also standen die Zielscheiben auf Loren. Sie bewegten sich erst zur einen, dann zur anderen Seite, und das ziemlich schnell.

Eine neue Runde begann, wobei das Schießen auf bewegliche Scheiben eine ganz andere Sache ist. In Eriks Mannschaft traf nur Jennas Pfeil in das rote Feld im Zentrum der Scheibe. Ophelia und Frigel erzielten zum Glück immerhin eine mittlere Bewertung, die anderen Mannschaften auch.

„Wir sollten nicht zu weit zurückfallen in der Wertung", murrte Frigel. „Ach, was soll's. Wir holen bei der nächsten Prüfung auf."

„Ihr glaubt wohl, es ist schon vorüber?!", meinte die junge, an der Organisation beteiligte Frau amüsiert. „Folgt mir alle!"

Die Kinder begaben sich überrascht hinter die Reihe der Zielscheiben und entdeckten ein weiteres Gleissystem und weitere Loren. Frigel begriff den Aufbau sofort.

„Sie werden uns in fahrende Loren setzen, damit wir von dort auf die sich ebenfalls bewegenden Scheiben zielen", rief er entsetzt aus.

Auch die Zuschauer, die den Kindern gefolgt waren, verstanden die Aufgabe. Es wurde gelacht und applaudiert. Als die Mannschaften in ihre jeweiligen Wagen stiegen, begannen die Eltern und Familien ihre Kinder anzufeuern.

„Nur zu, Mirka!", rief die Mutter der Letzteren herüber. „Zeig ihnen, was du kannst!"

„Zeigt euch Harochs des Mutigen würdig!", rief der Vater von Erik und Jenna. „Macht uns keine Schande!"

„Los Schwesterchen, du bist die Beste", sagte Xander zu Ophelia.

Als Schiedsrichter hätte er eigentlich keine Vorliebe zeigen dürfen, doch niemand protestierte. Schließlich war Xander immer sehr ehrlich gewesen und hatte bei den Resultaten nie gemogelt. Für einen Augenblick suchte Frigel das Gesicht seines Großvaters in der Menge. Vielleicht war er wie durch ein Wunder gerade von seiner Reise zurückgekehrt …

Er war aber nicht da.

„Achtung! Es geht los!"

Die Loren fuhren mit einem Ruck an und unter dem Lachen der Zuschauer verloren manche Kinder das Gleichgewicht. Auch die Scheiben bewegten sich, natürlich in der Gegenrichtung, um die Übung noch heikler zu machen. Eriks Mannschaft gab ihr Bestes, doch nur Jennas Pfeil traf die Zielscheibe, die anderen Geschosse landeten im freien Feld.

„Erik, es tut mir leid!", sagte Jenna, als sie sah, dass sie nur den Rand des Quadrats getroffen hatte.

„Du bleibst meine Lieblingsschwester", meinte Erik, während er sie freundschaftlich in die Rippen pufft. „Jedenfalls werden es nicht diese zombifizierten Trottel sein, die es besser machen", fügte er mit einem Blick zu Ophelia und Frigel hinzu.

„Du Sohn eines Creepers", erwiderte Ophelia, die sich deutlich mehr über Beleidigungen von Erik als über solche von Brough zu ärgern schien.

„Zeig es ihnen, Schwesterchen", rief Xander und auch die Dorfbevölkerung machte Stimmung für die in Lanniel beliebte Ophelia.

Ophelia zielte – und ihr Pfeil verlor sich in einem nahen Baum.

Nun spannte Frigel seinen Bogen. In der Menge herrschte Stille.

Da ertönte eine Stimme: „Nur zu Frigel!"

Der Junge hob seinen Blick und sah Hermeline in der vordersten Reihe. Sie machte ihm ermutigende Zeichen. Er fühlte sich gestärkt, konzentrierte sich, zielte …

„Wuff“, sagte Fluffy, um Frigel daran zu erinnern, dass er niemals allein war.

Und: KLACK! Der Pfeil steckte genau in der Mitte der Scheibe!

„Wow!“, rief Xander begeistert und die Zuschauer applaudierten.

Das war wirklich kein leichter Treffer. Erik murmelte irgendetwas Unverständliches. Nacheinander schossen alle Mannschaften. Zwar trafen einige Pfeile die Scheiben, doch kein Schuss war auch nur annähernd so gut wie der von Frigel. So gewann die Mannschaft FFO die Prüfung!

Fluffy sprang in Frigels Arme und leckte ihm das Gesicht ab, ohne mit Speichel zu sparen, Ophelia und Frigel vollführten einen Siegestanz, Ronny, der gerade zu ihnen stieß, begleitete sie auf der Trommel …

… und die Schatzsuche nahm weiter ihren Lauf.

Kapitel 11

Eine Prüfung folgte der nächsten, Frigel, Ophelia und Fluffy, die nun bestens gestimmt waren, machten begeistert mit. Die Kinder maßen sich im Klettern und es gab Schnelligkeitswettbewerbe. Das machte viel Spaß – und war anstrengend. So freuten sich die Teilnehmer über das Picknick, das mittags auf einer Wiese stattfand. Hungrig fielen sie über das gebratene Straußenfleisch, das Pilzragout und die köstlichen Kuchen her.

Der Nachmittag war ganz einer Architekturprüfung gewidmet. Es sollte eine Behausung errichtet werden, die schon nach zwei Stunden voll funktionsfähig war.

„Bauen zu können ist eine Frage des Überlebens", erläuterte die junge Frau, die Xander bei der Organisation half. „Stellt euch vor, es wird Nacht und ihr sitzt in einer von Monstern bevölkerten Gegend weit weg vom Dorf fest. Dann müsst ihr in der Lage sein, auf die Schnelle einen Unterschlupf zu bauen!"

Die Argumentation war einleuchtend und Ophelia machte sich gleich an die Arbeit. In diesem Bereich war sie ganz unbestritten die Expertin in der Gruppe. Der Großteil der Materialien war im Voraus bereitgelegt worden, sodass sich die Teilnehmer einfach bedienen konnten. Doch Ophelia schickte Frigel los, um noch Wolle und Holz für die Dekoration und farbige Gestaltung zu suchen.

Der Junge verbrachte seinen Nachmittag damit, hin und her zu laufen. Diese Schatzsuche war alles andere als erholsam! Doch was für eine Freude war es, dabei zuzusehen, wie Ophelias Haus Gestalt annahm.

Es waren bereits Stunden verstrichen, als Frigel nah an der Ghasthöhe vorbeikam und Fluffy anfing, sonderbar zu bellen.

Abermals hatte der Junge sich weit in den Wald hineingewagt. Er kannte seinen Hund gut: Das war weder ein frohes noch ein panisches Bellen gewesen. Vielmehr hatte es neugierig geklungen, fasziniert.

Frigel lief zu seinem Gefährten hin.

„Also, Fluffy, was hast du entdeckt? Du …"

Er unterbrach sich, als er merkte, dass er wie am Vorabend vor dem Südhang der Ghasthöhe stand und ebenfalls wie am Vorabend auf die merkwürdige, auf den Felsen gemalte rote Rose schaute.

Fluffy bellte unmittelbar vor dieser Stelle.

Dieses Mal waren sie nicht so in Eile und Frigel nahm sich die Zeit, um die Rose aus der Nähe zu untersuchen.

„Ich weiß, Fluffy, dieses Zeichen ist merkwürdig, Doch warum bellst du so? Schon gestern hast du …"

Fluffy machte nicht „wuff", sondern kratzte am Felsen und drehte sich dann zu Frigel um.

„Waff."

„Waff?", wiederholte der Junge. „Was heißt ‚waff' in der Hundesprache?"

Fluffy begann erneut an der Felswand zu kratzen.

„Willst du sagen, dass dort etwas dahinter ist?"

„Wuff!"

„Vielleicht lässt es sich öffnen", sagte der Junge zu sich selbst.

Er drückte mit all seinen Kräften gegen den Felsen und versuchte dann die Felsbrocken einzeln wegzuschieben. Nichts. Wenn doch bloß Ophelia da wäre! Türen, mechanische Vorrichtungen und Geheimgänge waren ihre Spezialität. Frigel trat etwas zurück, um das Problem genauer unter die Lupe zu nehmen.

„Wuff", bellte sein Hund beharrlich und kratzte abermals am Felsen.

„Lass uns überlegen", meinte Frigel.

Eine Geheimtür, wenn es denn eine gäbe, würde über einen Mechanismus verfügen, der ihre Öffnung ermöglichte. Der Apfel! Als Frigel hier am Vorabend angekommen war, hatte ungewöhnlicherweise ein Apfel in einem Felsspalt gelegen.

„Warte, Fluffy, ich habe eine Idee."

Frigel durchstreifte die Umgebung auf der Suche nach Äpfeln. Er tat ein paar in seine Tasche, um sie Ophelia mitzubringen. Dann ging er mit einem Apfel in der Hand zurück zur Felswand.

„Weißt du, Fluffy, Ophelia hat mir mal erzählt: Gelegentlich, wenn man einen speziellen Gegenstand an einen bestimmten Platz legt, dann …"

Frigel legte den Apfel in die Aussparung im Felsen, in der er ihn beim letzten Mal entdeckt hatte.

Nichts.

Er verschob die Frucht ein wenig.

Nichts.

Genervt drückte er auf den Apfel.

Nichts.

Fluffy gab ein „Wuff" von sich, das man durchaus als etwas spöttisch auslegen konnte. Übellaunig schob Frigel den Apfel ganz nach hinten in die Aussparung hinein.

„Du wirst funktionieren, du … Apfel!"

Nichts, aber auch gar nichts passierte.

Krrrrrrrrr …

Ein beunruhigendes Rumpeln ertönte. Frigel zuckte zusammen, Fluffy entfuhr ein erschrockenes Jaulen.

Langsam verschoben sich die Steinblöcke in der Felswand.

Plötzlich fühlte sich Frigel sehr verloren. Ganz allein, na ja, immerhin mit Fluffy, doch weit entfernt von jeder Hilfe und von allen, die er kannte, stand er vor einer geheimnisvollen Tür, die sich weit draußen im Wald öffnete, ohne dass er wusste, was sich dahinter verbarg.

Die Steinblöcke erstarrten wieder. Ein winziger Eingang hatte sich in der Felswand aufgetan. Auf der anderen Seite herrschte absolute Finsternis.

„Wuff", machte Fluffy, bevor er in dem dunklen Gang verschwand.

„Fluffy!", schrie Frigel entsetzt. „Komm zurück!"

Fluffy war verschwunden. Der Junge seufzte. Sein Hund hatte zweifellos die Gabe, stets seinen eigenen Kopf durchzusetzen und sich selbst Unannehmlichkeiten zu bereiten.

Nun gut. Frigel fasste sich ein Herz und folgte Fluffy in die Dunkelheit.

KAPITEL 12

Der Gang war in eine Finsternis getaucht, die schwärzer nicht hätte sein können. „Ich hätte an eine Taschenlampe denken sollen", dachte Frigel, der, während er weiter vordrang, leise nach Fluffy rief. Ein Bellen schallte von weiter vorn zu ihm zurück und er beschleunigte seine Schritte.

Der dunkle Schlauch war nicht sehr breit. Wenn Frigel die Arme ausbreitete, berührte er an beiden Seiten den Stein. Einige Minuten lang schritt er blindlings voran, bevor er endlich auf Fluffy traf, der urplötzlich mitten auf dem Weg stehen geblieben war. Der Hund bellte einmal laut und kraftvoll, gefolgt von einem Knurren, das eine Gefahr zu melden schien.

Frigel blieb bewegungslos stehen.

Die Stille war vollkommen. Allmählich gewöhnten sich die Augen des Jungen an die Dunkelheit.

Stille? Nein, da war ein Geräusch. Ein leichtes Knirschen vielleicht. Nun sah Frigel immer deutlicher. Weiter vorn musste eine Öffnung in der Decke des Gangs sein, durch die Tageslicht eindrang. Der Junge schaute sich um – und machte einen Schritt zurück.

Zu seinen Füßen tat sich ein Abgrund auf. Das im Stein ausgehöhlte Loch war eher schmal, dafür aber so tief, dass man den Grund nicht ausmachen konnte. Nur ein kleines Stück weiter, dann wäre Frigel hineingefallen! Mit seiner Warnung hatte Fluffy ihn gerettet.

Sein Hund hatte sich am Rand des Abgrunds postiert und knurrte leise. Frigel beugte sich vorsichtig vornüber.

Dieses Knirschen. Es kam von dort. Von ganz unten. In großer Tiefe, sehr weit entfernt, bewegte sich etwas. Frigel erschauerte. Er nahm Fluffy auf den Arm und ging noch ein Stück zurück. Sein Herz schlug zum Zerbersten. Er war gerade so dem Tod entkommen.

„Danke, Fluffy“, flüsterte er.

Auf die Angst folgte Wut. Welcher Schwachkopf, welcher Verbrecher hatte einen Gang in den Felsen geschlagen und darin eine tödliche Falle installiert? Apropos ... Frigel schaute sich nun alles noch mal genauer an. In den Mauern fehlten Blöcke und etwas weiter hatte jemand Seile und Holz zurückgelassen, zudem etwas, das wie ein Block aus Redstone aussah.

Ja, es war eine Falle – oder eher: Es war dabei, eine Falle zu werden. Es war eine Falle im Bau und Frigel wäre beinahe hineingefallen.

Wütend sprang der Junge über den Spalt, der schmal genug war, dass er ihn mit etwas Anlauf überwinden konnte. Er setzte seinen Weg höchst vorsichtig fort. Er kam nun besser voran, da in regelmäßigen Abständen Öffnungen in die Felswand eingelassen waren, sodass Tageslicht eintrat. Schließlich kam er zu einer geschnitzten Mahagoni-Tür, die wunderschön gearbeitet war und von einer weiteren Rose geschmückt wurde.

Die Tür stand offen.

Frigel zögerte und warf einen Blick auf Fluffy.

Dann trat er ein.

Kapitel 13

Er fand sich wieder in einem großen Saal, der sichtlich mit viel Sorgfalt errichtet worden war und eine überaus warme Ausstrahlung hatte. Redstone-Lampen beleuchteten den fensterlosen, direkt aus dem Fels gehauenen Raum. Die Felswände waren mit Eiche ausgekleidet, die Düfte von Tränken erfüllten die Luft und auf großen Tischen befanden sich Kräuter und Metalle sowie fremd anmutende brodelnde Flüssigkeiten. Entlang der Mauern und in der Nähe der Werkbänke befanden sich

Öfen in Betrieb. Auf Regalen waren schöne Waffen ausgestellt, darunter auch ein Diamantschwert. Fasziniert ging Frigel darauf zu und strich an der Klinge entlang. Er fragte sich, ob Haroch der Mutige oder andere Krieger der Dorflegenden Waffen dieser Art getragen hatten.

Und ob er, vielleicht, eines Tages ...

Dann erregte ein ganz besonderer Anblick seine Aufmerksamkeit. Neben einem Stapel alter Zauberbücher lagen auf einem Regal ganz kleine Blöcke, deren Seiten nicht mehr als einen Zentimeter maßen. Es gab ockerfarbene und blaue. Frigel beugte sich vor, um sie genauer studieren zu können. Das Blau der Blöcke war bezaubernd, tief. Man hätte meinen können, der Ozean ... Ein merkwürdiger Gedanke, denn den Ozean hatte Frigel noch nie gesehen. Wie verzaubert hob er die Hand, um die Blöcke zu berühren.

Eine wütende Stimme erhob sich hinter ihm.

„Wer bist du? Was machst du da?"

Frigel und Fluffy zuckten zusammen. Der Junge drehte sich mit klopfendem Herzen um.

Der Mann, der sie überrascht hatte, war groß und schlank, hatte graue Haare und ein grimmiges Gesicht.

Er trug eine lange Robe, ebenfalls grau, und seine Augen waren blau, blass, aber funkelnd.

„Ähm, also … Guten Tag", stotterte Frigel. „Es tut mir leid. Ich wollte nicht … Ich habe nur geschaut …"

Der Mann warf einen kurzen Blick auf die farbigen Blöcke, bevor er den Jungen mit einem beunruhigenden Flackern in den Augen fixierte.

„Wie bist du hier eingedrungen?"

„Ich, äh … ich habe einen Apfel in den Antriebsmechanismus gelegt und die Steinblöcke in der Felswand sind zur Seite geschwenkt", erklärte Frigel nervös. Dann erinnerte er sich an die Falle und seine Empörung darüber und fügte mutig hinzu: „Übrigens … Ich weiß nicht, wer Sie sind, doch Sie sollten sich schämen! Dieses Loch ist gefährlich. Andere Kinder aus Lanniel könnten den geheimen Eingang ebenfalls entdecken und tödlich verunglücken."

Der Mann schwieg einen Moment. Schließlich meinte er: „Du bist also ein Kind aus dem Dorf."

„Ja. Und wenn ich herausgefunden habe, wie der Antriebsmechanismus funktioniert, können auch andere …"

„Ich verstehe", unterbrach ihn der Mann in Grau. „Mein Anwesen ist gerade im Bau. Selbstverständlich werde ich die Sicherheitsvorkehrungen verbessern. Ich kann dir versichern, dass es niemals wieder jemandem gelingen wird, hier hereinzukommen."

„Äh, prima", meinte Frigel, eingeschüchtert von dem Gebaren und der Autorität des Unbekannten. „Danke. Dann also …"

Er fühlte sich etwas lächerlich, seine Anwesenheit war sichtlich unerwünscht.

„Nochmals danke. Äh, dann werde ich mal verschwinden."

„Gute Entscheidung", erwiderte der Mann in einem Tonfall, der zugleich eisig und ironisch war, bevor er auf den Ausgang deutete. „Dein Besuch war mir eine Ehre. Wie heißt du, Junge?"

„Frigel."

Stille trat ein. Der Mann schien wie versteinert.

„Bitte?"

„Frigel."

Der Unbekannte machte einige Schritte, wobei er seinen jungen Besucher nicht aus den Augen ließ. Fluffy begann zu knurren, ein tiefes und dumpfes Knurren – dem Jungen lief es eiskalt den Rücken runter.

„Tatsächlich", erwiderte der Mann mit leiser Stimme. „Und hast du Eltern, Frigel?"

Fluffy hörte nicht auf zu knurren.

„Äh, also, nein“, antwortete der Junge, der nun wieder ganz nervös war. „Sie sind gestorben. Mein Großvater Ernald hat mich aufgenommen.“

„Verstehe. Frigel, ich war ein schlechter Gastgeber“, fuhr der Unbekannte in einem sonderbaren Tonfall fort. „Lass mich dir etwas zu trinken anbieten.“

Er sah sich um und ging zu einem Tisch, auf dem mehrere seiner merkwürdigen Mixturen vor sich hin brodelten. Er nahm eine Schale und schüttete etwas hinein, wobei er dem Jungen den Rücken zuwandte, sodass dieser nichts erkennen konnte.

„Wuff“, machte Fluffy, „Grrrrr.“

Das war kein freundliches „Wuff“, auch kein ängstliches. Das war ein düsteres Bellen, das Gefahr anzeigt, Unheil ankündigt.

Der Mann hatte sich mit einer Tasse in der Hand zu Frigel umgedreht. Er hielt sie ihm hin.

„Trink!“

Seine Augen glänzten metallisch. Fluffy knurrte wieder.

„Trink“, befahl der Mann in einem Ton, der keinen Widerspruch duldete.

Frigel sah ihn an und wich lautlos zurück, in Richtung Eingangstür.

„Hast du Angst?“, fragte der Unbekannte mit erregter Stimme.

Er kam auf Frigel zu und raunte:

„Frigel, ich kannte deinen Vater …“

Frigel drehte sich um, nahm die Beine in die Hand, raste aus dem Saal, lief, so schnell er konnte, den Felsengang zurück, vergass dabei natürlich nicht, über den Spalt zu springen, und …

... fand sich direkt vor einem Creeper wieder.

KAPITEL 14

Sssssssssssss …

Die grauenhafte Kreatur blähte sich schon auf, wurde weißlich, noch widerwärtiger … Sie würde gleich explodieren! Frigel war in Angst und Schrecken, seine Gedanken überschlugen sich – bis sie alle zu einem verschmolzen: Laufen! Laufen, geradeaus, so weit wie möglich, damit …

„Fluffyyyy! Schnell!!!", schrie er, schon in vollem Lauf.

Er durfte nicht langsamer werden, musste all seine Energie nutzen, um sich schnell und noch schneller zu entfernen. Frigels Lungen brannten, während ihm längst vergangene Gespräche mit seinem Großvater in den Sinn kamen. Dieser hatte ihm erklärt: „Die Explosion eines Creepers ist sehr gefährlich, doch die Reichweite nicht besonders groß. Wenn du dich weit genug entfernst …"

Es dauerte nur einen kurzen Moment, der Frigel jedoch wie eine Ewigkeit erschien, bevor …

BOOM!

Der Creeper war explodiert. Die Druckwelle schleuderte Frigel und Fluffy im Tunnel nach vorn. Der Junge schlug auf dem Boden auf und blieb einen Moment benommen liegen.

Er rappelte sich langsam auf.

Er war unversehrt, zumindest fast. Die Explosion hatte ihm den Atem abgeschnitten, er hatte vielleicht ein paar blaue Flecke, doch er war wie durch ein Wunder noch mal heil davongekommen. Einige Momente blieb er regungslos stehen, bis er wieder einen klaren Kopf hatte. Fluffy leckte ihm erleichtert die Hände.

„Verdammt noch mal", murmelte Frigel. „Wenn sich das nächste Mal ein Geheimgang im Fels öffnet, weißt du, was wir dann machen, mein Hund?! Wir verschwinden in die andere Richtung!"

Dann kehrten seine Gedanken zum Mann in Grau zurück. Womöglich hatte er die Explosion gehört, bestimmt würde er kommen, um die Schäden zu begutachten ... Mit klopfendem Herzen schlüpfte Frigel aus dem Gang heraus und rannte, so schnell es ging, zwischen den Bäumen hindurch. Erst eine Viertelstunde später, schon in der Nähe der Lichtung von Lohe, hielt er inne.

Er setzte sich auf einen Baumstumpf und dachte nach.

Hatte der Mann wirklich gesagt „ich kannte deinen Vater"? Frigel hatte solche Angst gehabt, dass er es kaum gehört hatte. Außerdem war es bestimmt eine Lüge gewesen, der Unbekannte wollte ihn nur dazu bringen, zurückzukommen und den Trank hinunterzuschlucken.

Seine Eltern waren tot, sein Großvater hatte sich immer geweigert, Frigel zu sagen, wie sie gestorben waren. Es war nicht möglich, dass ein Unbekannter, der sich im Wald versteckte und auf den er rein zufällig getroffen war, seinem Vater begegnet sein sollte.

Frigel stand auf und ging mit langsamen Schritten zur Lichtung von Lohe.

KAPITEL 15

Als Frigel auf die Lichtung trat, waren die Teams noch bei der Arbeit. Ophelia war dabei, in aller Ruhe ihr Werk zu beenden, während Xander und die anderen Organisatoren genussvoll Rübensaft im Schatten der Bäume tranken. Das Haus der Mannschaft FFO verfügte über zwei Etagen, ein kleines Türmchen, eine Außentreppe und – dank der Wolleblöcke – hübsche Kontraste. Ophelia hatte es sich nicht nehmen lassen, zusätzlich eine Haroch dem Mutigen gewidmete Fontäne zu bauen und den Hauseingang mit Statuen aus Stein und Holz zu schmücken.

Stolz auf ihr Werk drehte sie sich zu Frigel um und bemerkte, wie bleich ihr Freund war.

„Ist alles in Ordnung, Frigel?", fragte sie.

„Ja, ich ... Alles bestens", antwortete der Junge. „Ich habe eine merkwürdige Begegnung gehabt. Erzähle ich dir später."

Ohnehin war jetzt keine Zeit dafür: Gerade wurde die Prüfung für beendet erklärt. Die Jury, bestehend aus drei Dorfbewohnern und dem berühmten Bartholomäus, begutachtete jedes Haus sorgfältig. Obwohl Frigel noch ganz mit seinem Abenteuer beschäftigt war, beeindruckte ihn die Schönheit der Werke.

In Lanniel hatte die Architektur eine große Tradition. Jedes Jahr schickte das Dorf eine Mannschaft zum Bauwettbewerb, der anlässlich des großen Markts von Burg Spinnar nicht weit von Menruruna ausgetragen wurde. In aller Regel kam die Mannschaft von Lanniel auf einen der vorderen Plätze, allerdings hatte sie noch nie den ersten Preis, die wunderschöne Medaille aus Obsidian, errungen. Eines Tages würde Ophelia diese Auszeichnung erhalten, davon war sie überzeugt.

Doch erst mal galt es diese Prüfung zu gewinnen – und die Konkurrenz war stark. Die Jury war voller Bewunderung für Ophelias Werk, aber der erste Preis wurde nach intensiver Beratung an Mirka und ihren eleganten Säulentempel vergeben. Ophelia ging zu ihrer Freundin, um ihr aufrichtig zu gratulieren, während sich Frigel auf die Bank „ihres" Hauses fallen ließ. Er war viel zu eingenommen von seiner Begegnung mit dem Mann in Grau, um wirkliche Enttäuschung zu empfinden.

Jenna, die Schwester von Erik, beobachte Frigel mit einem Lächeln. Sie kam heran.

„Wir sind Dritte geworden", erklärte sie, bevor sie sich neben ihn setzte. „Natürlich geben sich Erik und Brough nun gegenseitig die Schuld daran", fügte sie amüsiert hinzu.

Dann bewunderte sie die abstrakten Formen in den Blöcken, die Ophelia farbig gestaltet hatte.

„Ophelia wird mal eine große Künstlerin."

„Ja", stimmte Frigel zu. „Sie liebt die Bildhauerei – sogar noch mehr als ihre Architekturausbildung, glaube ich."

Einen Moment saßen sie schweigend auf der Bank. Frigel beobachtete, wie das Sonnenlicht in den Haaren seiner hübschen Nachbarin spielte. Nach einem Moment des Zögerns meinte er:

„Jenna, ich möchte dir danken."

„Wofür?", fragte das Mädchen erstaunt.

„Du und Ophelia, ihr seid die einzigen im Dorf, die freundlich zu mir sind, zumindest unter den Kindern", antwortete Frigel.

„Eure Familie ist nicht von hier und die Bewohner sind nicht an Fremde gewöhnt", erklärte ihm Jenna mit einem aufrichtigen Lächeln. „Gib ihnen die Zeit, sich

daran zu gewöhnen! Es gibt keinerlei Grund, warum sie dich nicht wertschätzen sollten." Mit einem freundschaftlichen Rippenstoß fügte sie hinzu: „Ich finde dich sehr sympathisch."

Frigel errötete ein wenig und wusste nicht, was er antworten sollte.

„Wie jetzt? Du erwiderst mein Kompliment nicht? Ich bin also nicht sympathisch?", meinte Jenna und tat verärgert.

„Aber ja doch!", widersprach Frigel sofort und puffte ihr seinerseits in die Rippen. „Du bist sehr ..."

Er unterbrach sich. Erik kam heran, sichtlich unzufrieden.

„Kommst du, Jenna?!", sagte er und warf seinem Feind einen finsteren Blick zu.

„Ich bin schon da!", erwiderte das Mädchen.

Bevor sie sich entfernte, zwinkerte sie Frigel noch zu, und der Junge war urplötzlich bester Stimmung. Zumindest bis Ophelia mit ernstem Gesicht herankam.

„Ich habe einen Blick auf den Spielstand geworfen", erklärte sie. „Dank deiner hervorragen Bewertung im Bogenschießen sind wir immer noch Erste, aber mit nur wenig Vorsprung. Wir sind nur acht Punkte vor Mirkas und zwei Punkte vor Eriks Mannschaft."

„Wir haben den morgigen Tag, um sie zu schlagen", erwiderte Frigel entschlossen.

Nach diesem ersten Wettkampftag war es nun Zeit heimzugehen. Die Sonne wurde schon schwächer und die Organisatoren wollten kein Risiko eingehen. Umgeben von den Erwachsenen strebte die Gruppe von Kindern Lanniel entgegen. Alle waren fröhlich am Plaudern und gaben ihre Kommentare zu den Ergebnissen ab. Frigel hielt sich etwas abseits.

„Ich habe deinen Vater gut gekannt", hatte der Unbekannte gesagt.

Und wenn das stimmte?

„Ich muss zugeben, da hast du einen guten Treffer gelandet", sagte eine Stimme zu seiner Linken.

Frigel wandte sich um und sah Erik mit einem spöttischen Lächeln neben sich her laufen.

„Welcher Treffer?"

„Beim Bogenschießen", antwortete Erik. „Das war nicht schlecht, wird aber deine letzte Glanzleistung sein. Morgen werden wir euch nur so niedermetzeln."

Er schaute, ob auch niemand ihn hörte, beugte sich zu Frigel und flüsterte ihm mit einem kalten Lächeln zu: „Und übrigens: Richte nie wieder das Wort an meine Schwester!"

Kapitel 16

Es war eine unruhige Nacht. Frigel durchlebte zahlreiche Alpträume. Die Prüfungen der Schatzsuche und Eriks Drohungen vermischten sich dabei mit dem Angriff des Creepers und der Begegnung mit dem Mann in Grau. In seinem letzten Traum fiel er in den Spalt des Felsengangs, und zwar bis auf den Grund. Anschließend fand er sich verletzt in der verschollenen Mine der Ghasthöhe wieder und hörte eine Stimme rufen: „Frigel! Hilfe!"

Fluffy jaulte sich die Seele aus dem Leib, Frigel war gelähmt vor Schmerz. „Schnell! Ich falle gleich!", schrie die Stimme, und Frigel wollte zu Hilfe eilen, wollte aufspringen, aber seine Beine versagten ihm den Dienst …

„Steh auf", tönte die tiefe Stimme von Haroch dem Mutigen an seinem Ohr.

Frigel fuhr aus dem Schlaf hoch.

Er befand sich nicht in den Tiefen einer Mine, sondern in seinem Bett. Oder besser in dem Bett, das Hermeline für ihn bereithielt. Und die Sonne ging auf.

Fröhlich sprang er auf, mit dem Tageslicht verflüchtigten sich die Alpträume.

Die Schatzsuche ging weiter!

KAPITEL 17

Der morgendliche Wettkampf bestand in einem Bootsrennen, das rasch in ein lustiges Chaos ausartete.

Für die Konkurrenten standen neun Boote am See von Lanniel bereit. Der Himmel war blau, die Sonne schien, die Aufregung erreichte ihren Höhepunkt. Da es in jedem Boot nur zwei Plätze gab, würden einige Teilnehmer an Land bleiben und dem Spektakel vom Ufer aus beiwohnen müssen. Wiederum hatten sich viele Dorfbewohner zum Zuschauen eingefunden. Sie machten es sich auf dem Rasen gemütlich und verzehrten gemeinsam Obst und Kürbiskuchen.

Die Organisatoren hatten einen Rundkurs im See vorbereitet. Los ging es an der Startlinie, die für jedes Boot mit einem anderen Block gekennzeichnet war. Anschließend sollten die Teilnehmer einen Slalom zwischen Holzpfosten absolvieren, bevor sie durch drei enge Tore fahren mussten. Schließlich galt es in einem Flussarm mit stärkerer Strömung den Steinsäulen auszuweichen, bevor es über einen anderen Teil des Sees und durch einen schönen Rundbogen aus Lapislazuli zur Ziellinie gehen würde.

Eigentlich ganz leicht, zumindest in der Theorie. Jedenfalls, wenn man wusste, wie man ein Boot steuert. Und die meisten Kinder aus Lanniel waren Experten darin, schließlich spielten sie viel im Wasser. Doch selbstverständlich war der Wasserparcours so angelegt, dass sich die Rivalen begegnen mussten.

Zwar war es verboten, direkt andere Teilnehmer anzugreifen, dies galt jedoch nicht für die Boote, was schon in den ersten Minuten zum Chaos führte. Die Mannschaft, die von Pierre, einem ruhigen und sehr intelligenten Jungen mit großen Augenblöcken angeführt wurde, hatte sich entschieden, nicht auf Geschwindigkeit, sondern auf Angriff zu setzen. Nachdem das Startsignal ertönt war, steuerten Pierre und sein Mitstreiter nicht etwa die ersten Pfosten an, vielmehr vollzogen sie direkt ein Wendemanöver, hielten auf das Boot zu, das ihnen am nächsten war, und versenkten es mit einem Schlag mit dem Steinschwert. Dessen Besatzung fiel ins Wasser, das allerdings so nah am Ufer nicht tief war. Schon einige Sekunden später hatten die beiden Jungen ihr Boot wieder flott gemacht. Doch diese Aktion wurde zum Auslöser für eine allgemeine Wasserschlacht.

„Ach, so ist das?!", grölte Mirka, bevor sie sich zum Boot von Erik umwandte.

Und: KLACK, ein Schwertschlag. Erik und Brough fanden sich im Wasser wieder. Jenna, die alles vom Ufer aus beobachtete, platzte vor Lachen, bevor sie die Jungen anfeuerte, rasch etwas zu unternehmen. Brough, wütend, wie er war, entdeckte das Boot von Ophelia und Frigel und rannte mit dem Schwert in der Hand geradewegs durchs Wasser darauf zu, während Frigel versuchte, sein Boot auf dem Parcours zu halten.

Für einen Moment meinte Frigel Brough mit der zunehmenden Strömung abhängen zu können, doch das Schicksal in Form von drei Schweinen wollte es

anders. Ja, tatsächlich, es waren Schweine vom Bauernhof, zweifellos durch den Lärm angelockt, die in den See gelaufen waren und nun auf die Teilnehmer zukamen. Eines tauchte urplötzlich vor Frigels Boot auf. Überrascht drehte der Junge nach links ab und steuerte damit direkt auf Brough zu, der Ophelia wutentbrannt ins Wasser stieß. Das Mädchen schrie auf, fiel und: SPLASH. Frigel steuerte abrupt in die andere Richtung – und damit geradewegs auf das Schwein zu … Schon war es an Bord, auf dem Platz von Ophelia. Frigel hatte von dem Austausch der Besatzung gar nichts mitbekommen und rief seiner Freundin zu: „Halt dich fest! Wir starten durch!" Ein rascher Blick zur Seite – und da war ein vor Schrecken schreiendes Schweinegesicht direkt vor seiner Nase. Das Boot kam ins Schlingern und begann sich im Kreis zu drehen, während Xander, der das Spektakel vom Ufer aus beobachtete, sich vor Lachen den Bauchblock hielt.

Alle oder zumindest fast alle Teilnehmer waren inzwischen im Wasser. Im See tauschten Ophelia und Brough Beleidigungen aus. Frigel warf das Schwein aus dem Boot und drehte bei, um seine Freundin aufzunehmen. Erik, der inzwischen sein Boot wieder hergerichtet hatte, rief Brough herbei. Frigel holte Ophelia ins Boot und stellte dann fest: Pierre und sein Mitstreiter hatten ganze Arbeit geleistet. Es war ihnen gelungen, alle Boote bis auf das von Frigel und Ophelia kurzzeitig zu versenken. So kam es, dass Frigel und Ophelia einen kleinen Vorsprung hatten oder zumindest die Konkurrenz gleichauf mit Pierre anführten. Beide Boote strebten nun dem Parcours zu.

„Halt dich fest, Ophelia!", rief Frigel erneut, nicht ohne sich zu versichern, dass dieses Mal tatsächlich sie mit ihm an Bord war.

Pierres Boot fuhr unmittelbar vor jenem von Frigel und Ophelia im Slalom um die Pfosten. Doch Frigel steuerte so geschickt, dass die Mannschaft FFO nach und nach aufholte und schließlich gleichauf mit den Konkurrenten am ersten Tor eintraf.

„Schieß auf sie!", ordnete Pierre an, als die Boote Seite an Seite fuhren.

Sein Mitstreiter hob den Bogen und zielte auf das Boot des Teams FFO.

„Achtung", schrie Ophelia, als der erste Pfeil den Bootsrumpf traf.

Das Boot hielt sich wacker, doch es würde nicht lange standhalten. Der Schütze spannte erneut den Bogen …

„Ophelia!", rief Frigel, während er sich dem feindlichen Boot so weit näherte, wie es ging.

Ophelia verstand sein Ansinnen. Sie wartete, bis die Boote sich fast berührten. Der Pfeil würde jeden Augenblick losschießen. Im letzten Augenblick beugte sie sich vor und verfrachtete den jungen Schützen mit einem kräftigen Stoß auf den Bootsrand ins Wasser.

Der Pfeil flog gen Himmel. Pierre maulte und hielt an, um seinen Mitspieler aus dem Wasser zu fischen. Frigels Freudenschreie wurden untermalt von Fluffys triumphierendem Bellen am Ufer. Geschickt navigierte Frigel das Boot weiter durch den Hindernisparcours. Da tauchte plötzlich direkt vor ihnen das Boot von Erik und Brough auf.

Ophelia entfuhr ein Schimpfwort. Das Scharmützel mit Pierre hatte sie kostbare Zeit gekostet und Erik und Brough hatten das genutzt, um aufzuholen.

Frigel konzentrierte sich auf das Steuern, geschickt wich er den Steinsäulen aus. Sie mussten noch den Flussarm hinauffahren und das letzte Tor passieren. Dies war also nicht der richtige Zeitpunkt, um sich zu ärgern, vielmehr war nun volle Konzentration gefordert, um die beiden Kontrahenten einzuholen. Darauf mussten sie all ihre Energie lenken.

Der Fluss hatte hier eine starke Strömung und einige Stromschnellen. Dann teilte er sich in zwei Arme: Einer ging Richtung Nordwesten und stürzte später zum Meer herab, der andere, dem die Teilnehmer folgen sollten, führte an einer anderen Stelle in den See von Lanniel zurück.

Die folgenden Minuten verstrichen in angespannter Stille. Die beiden Steuermänner Erik und Frigel waren gleichermaßen begabt. Brough und Ophelia verhielten sich ruhig, um sie nicht abzulenken. Teils fuhren die Boote Seite an Seite, mal hatte das eine, mal das andere einen kleinen Vorsprung.

Sie ließen die Abzweigung zum Meer hinter sich, um sich dem letzten Teil des Rundkurses zu stellen.

Brough ließ eine Hand in seine Tasche gleiten und zog seinen Bogen hervor.

Er erhob sich.

„Oh nein …", stöhnte Ophelia.

Das Boot, das bereits einen Pfeil abbekommen hatte, würde keinem zweiten standhalten. Ophelia beugte sich zu Frigel:

„Halte dich bereit, okay?! Wenn ich ‚links' rufe, dann drehst du abrupt nach rechts ab."

„Verstanden", flüsterte Frigel.

Brough nahm sich Zeit mit dem Anpeilen. Ophelia entschied sich, es mit der Taktik Verunsicherung zu probieren.

„Du triffst doch nie, Brough“, rief sie. „Liegt das am Schleim?“

Brough biss die Zähne zusammen. Seine Finger an der Sehne des Bogens spannten sich ...

„Links!“, schrie Ophelia.

Brough korrigierte die Ausrichtung des Pfeils im letzten Augenblick, zielte entsprechend Ophelias Ausruf weiter nach links. In dem Moment zog Frigel nach rechts – der Pfeil schoss am Boot vorbei und verlor sich im Wasser. Abgelenkt von dem Zwischenfall hatte Erik sein Boot ein wenig abdriften lassen. Frigel steuerte elegant auf den Rundbogen aus Lapislazuli zu, darunter hindurch und passierte die Ziellinie – eine Sekunde vor seinem Kontrahenten.

Frigel und Ophelia waren Erste!

KAPITEL 18

Gerade mal so Erste, mit einem Viertelblock Vorsprung vielleicht, aber Erste. Die Zuschauer erhoben sich und klatschten Beifall, Xander stieß einen Schrei der Begeisterung aus, Jenna lief zum Ufer, um ihrem Bruder und ihrem Cousin zu gratulieren. Immerhin war der zweite Platz auch eine tolle Leistung!

Doch Erik war anderer Meinung, er war fuchsteufelswild. Er stieg aus dem Boot aus, sah die beiden Sieger am Ufer und warf sich auf Frigel.

Beide Jungen fielen in den See, der hier nur einen Block tief war. Frigel, überrascht von Eriks wütender Attacke, geriet dennoch unter Wasser. Er verteidigte sich, doch Erik, wütend und verrückt vor Neid, schlug auf ihn ein und hielt ihn untergetaucht.

Frigel bekam keine Luft mehr. Die Sekunden verstrichen, er schien zu ersticken. Die pure Panik erfasste ihn.

Bis Xander, der auf sie zugestürzt war, die beiden Jungen mit Gewalt aus dem Wasser zog. Die besorgten Zuschauer hatten sich um die Kämpfenden versammelt. Frigel, gestützt von Ophelia, kam wieder zu Atem, während Xander brüllte:

„Erik, du schnappst total über! Du hättest Frigel fast umgebracht!"

Erik, dem das Ausmaß seines Handelns nicht bewusst gewesen war, wurde ganz bleich und stammelte Entschuldigungen.

„Man sollte dich vom Wettbewerb ausschließen", schimpfte Xander vor sich hin. „Auf jeden Fall werde ich dich im Auge behalten!"

Die anderen Mannschaften erreichten die Ziellinie. Zuerst das Boot von Mirka, dann das Boot von Pierre, dessen aggressive Taktik sich überhaupt nicht ausgezahlt hatte. Die Dorfbewohner vergaßen Erik und applaudierten den Neuankömmlingen.

„Danke. Es geht mir schon besser“, sagte Frigel mit einem Lächeln zu Ophelia.

„Komm, iss etwas“, forderte ihn das Mädchen auf und gab ihm einen Apfel, den sie von einem Dorfbewohner „ausgeliehen“ hatte. „Es tut mir wirklich leid“, fuhr sie fort. „Ich dachte, Erik sei im Grunde seines Herzens ein guter Mensch. Aber …“

„Haroch der Mutige würde sich für dich schämen“, donnerte da eine dunkle Stimme neben ihnen. „Ich bin enttäuscht von dir, Erik. Enttäuscht …“

Ophelia und Frigel drehten sich um. Einige Blöcke entfernt wies Eriks Vater seinen Sohn sehr ernst zurecht. Dieser, weiß wie eine Wand, hatte Tränen in den Augen.

„Dich zu schlagen wie ein besessener Schweinezombie!“, fuhr der Vater fort. „Und dann scheiterst du auch noch in den Prüfungen, und das gleich mehrmals hintereinander! Im Bogenschießen bist du nur Zweiter geworden … und jetzt Zweiter im Bootsrennen. Ja, ich schäme mich für dich!“

Entsetzt hörte Ophelia zu. Frigel durchzuckte ein warmes Gefühl für seinen Großvater. Ernald hatte zwar seine Fehler, aber er war Frigel immer mit Liebe und Respekt begegnet.

„Also, man kann wirklich nicht sagen, dass Eriks Vater besonders liebevoll wäre“, sagte der Junge leise.

„Und was dich angeht, Jenna ...“, begann der Vater.

Erik richtete sich sogleich auf.

„Jenna kann nichts dafür!“, protestierte er. „Ich allein trage die Verantwortung.“

„Wir sollten ihre Unterhaltung nicht belauschen, das ist unhöflich“, murmelte Ophelia, die sehr bedrückt und mitgenommen wirkte.

Frigel pflichtete ihr bei und Fluffy ließ ein teilnahmsvolles „Wuff“ hören. Die drei Freunde entfernten sich leise.

Kapitel 19

Der Vorfall hatte der allgemeinen Stimmung einen Dämpfer verpasst. Das Mittagessen, das auf dem Rasen eingenommen wurde, schmeckte zwar lecker, war aber schnell vorüber. Die Prüfungen gingen weiter.

Das Team FFO und das Team von Erik lieferten sich ein Kopf-an-Kopf-Rennen. Eines von beiden würde die Schatzsuche gewinnen, so viel stand fest. Aber welches? Von den vier folgenden Prüfungen gewannen Erik, Brough und Jenna zwei, Frigel und Ophelia die beiden anderen. So erreichte die Spannung um fünf Uhr nachmittags ihren Höhepunkt. Die beiden Mannschaften hatten gleich viel Punkte, sodass die letzte Prüfung über den Sieger entscheiden würde. In diesem Fall ging es um Schnelligkeit.

Die Konkurrenten befanden sich nahe bei der kleinen Brücke „Bissige Kuh" im Osten von Lanniel. Ziel war die Wiese des schiefen Baums vor dem Ortseingang, wo der Rat der Weisen und das Diamantschwert warteten. Wer die Wiese zuerst erreichte, hatte gewonnen.

Die Kinder begannen voller Eile durch den Wald zu laufen, Erik, Jenna und Brough auf der einen, Frigel, Fluffy und Ophelia auf der anderen Seite.

Der Weg war steil, eine gute halbe Stunde würden sie brauchen. Es galt Bäumen, Dornenranken und Felsen auszuweichen, Hügel zu erklimmen und Bäche zu überqueren. Nicht zuletzt erhob sich etwa in der Mitte der Strecke die Ghasthöhe, die sie umrunden sollten.

„Über den Westen", bestimmte Frigel, der die Gegend gut kannte.

„Am kürzesten ist es, dem Kabeljau-Strom flussaufwärts zu folgen", rief er, während Ophelia hochmotiviert und mit frischer Energie über die Steinblöcke sprang.

Natürlich kannten sich Erik und seine Mitstreiter in dem Gebiet auch gut aus. So tauchten ihre Umrisse immer wieder zwischen den Bäumen auf, Frigel und Ophelia sahen sie laufen und hörten, wie sie sich gegenseitig anfeuerten. „Schneller, Jenna!" „Komm schon, Brough!" Die beiden Mannschaften beobachteten sich gegenseitig aus dem Augenwinkel, und es war noch nicht abzusehen, wer den Sieg davontragen würde.

„Hier lang, Ophelia!", rief Frigel und leitete seine Freundin über einen kleinen, felsigen Steilhang. Er versuchte auf diesem Weg Zeit zu gewinnen.

Sie kletterten rasch den Felsen hinauf und befanden sich vor einer von der Natur geschaffenen Steinwand. Frigel erstellte mit der Spitzhacke einen Tunnel und hoffte, dass er recht behalten würde. Sie kamen an der anderen Seite ins Freie und liefen wieder hinab in den Wald. Keine Spur mehr von Eriks Team.

„Sind sie vor oder hinter uns?", fragte Ophelia außer Atem.

„Ähm ..."

Frigel schaute sich um. Kein einziger Laut. Kein Ast, der knackte. War seine Abkürzung so erfolgreich gewesen, dass sie ihre Gegner abgehängt hatten, oder so fatal, dass Erik und die anderen weit vor ihnen waren?

„Keine Ahnung", schnaufte er.

Sie liefen weiter und gut zehn Minuten später kamen sie aus dem Wald heraus auf die Wiese des schiefen Baums, und zwar im selben Moment wie Erik und Brough, nur dass diese den Wald etwas weiter links verließen.

Erik und Brough waren dem Ziel näher! Das wurde Frigel im Endspurt auf den schiefen Baum klar. Obwohl auch Ophelia sich dessen bewusst war, rannte sie wie um ihr Leben. Schnell! Schneller! Der Baum kam näher … Erik und Brough auch … Frigel nahm seine letzten Kräfte zusammen und beschleunigte noch mal. Er war fast da …

Fast …

Doch Erik schlug vor ihm am schiefen Baum an.

„Sieg!", verkündete der Bürgermeister und ließ die Fahne herunterschnellen. Der erste Platz der letzten Prüfung gehört der Mannschaft von Erik und ich denke, dass …"

Er unterbrach sich. Xander studierte seine Notizen, während Frigel und Ophelia völlig erschöpft nun ihrerseits am Baum anschlugen und als Zweite eingetragen wurden.

„Ja, tatsächlich", fuhr der Bürgermeister nach kurzer Rücksprache mit den Organisatoren fort. „Ronny, bitte ein Trommelwirbel …"

Ronny folgte der Anweisung. Die Dorfbewohner kamen heran. Frigel und Ophelia warteten und versuchten wieder zu Atem zu kommen.

„Der Punktestand wurde kontrolliert. Ich habe die große Freude, Ihnen die Sieger der Schatzsuche bekanntzugeben: Erik, Brough und Jenna!"

Ronny ließ einen weiteren Trommelwirbel ertönen, die Dorfbewohner applaudierten und jubelten den Kindern zu. Brough und Erik sprangen vor Freude in die Luft. Die Eltern eilten herbei, um ihre Kinder zu beglückwünschen. Nach und nach trafen die anderen Mannschaften ein, während Xander weiter die Ergebnisse notierte. Der Bürgermeister verteilte Getränke, Kuchen und Bonbons an die Teilnehmer und gab dann die endgültige Rangfolge bekannt, während Eriks Vater sich an seinen Sohn wandte:

„Bravo, mein Junge. Wo ist Jenna?"

„Ich glaube, sie diskutiert mit Mirka", meinte Brough und deutete auf eine Gruppe von Mädchen, die lachend zusammenstanden und Paradiesäpfel aßen.

Frigel und Ophelia hatten sich still auf einen Baumstumpf gesetzt.

„Hey, bravo!", sagte Xander, der ihre Enttäuschung gespürt hatte und mit einem Teller Kuchen herangekommen war. Ihr seid Zweite! Das ist ein großer Erfolg. Besonders weil du, Frigel, jünger bist als die anderen und dann wart ihr ja auch nur zu zweit ...

Fluffy ließ ein ärgerliches „Wuff" hören.

„Entschuldigung", sagte Xander amüsiert, während er Ophelia von dem Kuchen anbot. „Ich hatte dich vergessen, Fluffy." Und mit einem Blick auf Frigels mürrisches Gesicht fügte er hinzu: „Los, esst mal was. Ihr braucht jetzt Zucker."

Xander entfernte sich und Frigel und Ophelia verzehrten still den Kuchen, noch ganz in ihrer Enttäuschung gefangen.

„Man muss anerkennen, dass sie gesiegt haben, weil sie besser waren", meinte Frigel schließlich.

„Na ja, das tröstet mich jetzt nicht", maulte Ophelia.

„Komm, wir müssen ihnen gratulieren."

Ophelia warf ihrem Freund einen ungläubigen Blick zu. Dann seufzte sie. Frigel hatte recht. Sie stand auf, doch ein erneuter Trommelwirbel ließ sie innehalten. Umgeben von Lanniels Rat der Weisen überreichte der Bürgermeister Erik die diamantene Spitzhacke. Frigel machte Anstalten, auf seinen Rivalen zuzugehen, doch dieser war umringt von Leuten, die ihm gratulieren und seine Trophäe bewundern wollten. Die Menschen waren

bester Stimmung und Bartholomäus der Architekt erklärte, dass er für die nächsten Spiele eine große Orgel aus Musikblöcken bauen wolle. Hermeline kam, um Ophelia und Frigel herzlich in den Arm zu nehmen und ihnen zu ihrem zweiten Platz zu gratulieren. Die Zuschauer gingen allmählich nach Hause. Bald schon waren nur noch Ophelia, Frigel, Fluffy, Erik und Mirka da.

„Hey, gratuliere zu deinem Sieg, Erik“, sagte Frigel so aufrichtig wie möglich.

Erik wirkte besorgt. Ohne zu antworten, fragte er: „Weißt du, wo Jenna ist?“

Erstaunt sah sich Frigel um.

„Ähm, nein …"

„Hat Brough nicht gesagt, dass sie mit Mirka zusammen war?", fragte Ophelia.

„Jenna?", schaltete sich Mirka ein. „Nein, die habe ich nicht gesehen seit … einer guten Stunde, denke ich. Jedenfalls nicht seit dem Beginn der letzten Prüfung."

„Ich habe Brough losgeschickt, um nachzuschauen, ob sie vielleicht schon nach Hause gegangen ist", meinte Erik mit gerunzelter Stirn.

„Kurz bevor Ophelia und ich den Hang hochgeklettert sind, habe ich Jenna mit euch durch den Wald laufen sehen", erinnerte sich Frigel. „Ich frage mich, ob …"

„Sie ist nicht im Dorf", unterbrach ihn eine Stimme.

Das war Brough, der gerade zurückkam und sehr beunruhigt schien.

„Sie ist nicht in Lanniel."

Die Kinder sahen sich an.

„Sie ist vielleicht in den Höhlen zurückgeblieben", murmelte Erik, inzwischen käseweiß.

„Was!?", Ophelia war schockiert.

Es wurde still und Erik wiederholte:

„Ich glaube, dass Jenna in den Höhlen der Ghasthöhe ist."

KAPITEL 20

„Wir haben eine Abkürzung genommen“, erläuterte Erik niedergeschlagen. „Um Zeit zu sparen, sind wir geradeaus durch die Höhlen und nicht außen rum durch den Wald gelaufen.“

„Aber das ist verboten!“, wandte Mirka ein.

„Es gibt da eine Möglichkeit durchzukommen“, erklärte Erik. „Ophelia und Frigel gewannen an Boden …“

„Das ist Betrug!“, schimpfte Ophelia wütend. Frigel schaltete sich ein:

„Jenna ist in den Tiefen der Höhlen zurückgeblieben? Ganz allein? Mit den Monstern?"

Eriks und Frigels Blicke kreuzten sich.

„Ich werde sie holen", verkündete Erik.

„Du bist verrückt", protestierte Mirka. „Das ist zu gefährlich."

Doch Erik hörte gar nicht hin und packte bereits seine Tasche und seine Ausrüstung zusammen.

„Gut", sagte Ophelia, die einen klaren Kopf behielt. „Lasst uns nicht panisch werden. Brough, Mirka, ihr geht ins Dorf und benachrichtigt den Bürgermeister und Jennas Eltern. Ich hole Xander. Erik, du rührst dich nicht vom Fleck. Ausgeschlossen, dass du allein dort hinuntersteigst."

„Niemand hat mir etwas vorzuschreiben", erwiderte Erik, ohne eine Sekunde die Fassung zu verlieren.

„Ich komme mit dir", kündigte Frigel an.

Erneute Stille. Alle Augen richteten sich auf den Jungen. Erik war einen Moment wie erstarrt. Dann brummelte er:

„Ganz sicher nicht."

„Jenna ist wirklich die Einzige, die ein Herz hat in diesem Dorf", erklärte Frigel kühl.

Ophelia und Fluffy protestierten im selben Moment, wenn auch auf unterschiedliche Weise, und Frigel korrigierte sich sogleich:

„Außer euch beiden natürlich. Doch alle anderen Kinder, ihr hier inbegriffen, sind mir stets mit Verachtung begegnet", fuhr Frigel fort, wobei er Erik, Mirka und Brough mit Blicken strafte. „Allein Jenna hat mir Zuneigung entgegengebracht. Und jetzt geht die Sonne unter, und bis die Erwachsenen hier sind, ist es vielleicht zu spät. Nein! Ich werde es nicht zulassen, dass Jenna bei lebendigem Leib von Skeletten verschlungen wird, nur weil ihr Bruder und ihr Cousin Betrüger und Dummköpfe sind."

Erik starrte Frigel wütend an, drehte sich auf dem Absatz um und entfernte sich. Frigel nahm seine Tasche.

„Frigel, bleib hier", stammelte Ophelia. „Geh nicht. Ich verbiete dir …"

Frigel ergriff sein Schwert und folgte Erik mit entschlossenen Schritten in Richtung der Grotten der Ghasthöhe.

* *

„Ich brauche dich nicht", murrte Erik, der mit großen Schritten den Wald durchquerte. „Hau ab!"

„Ich bin nicht wegen dir hier. Ich mache es für Jenna", konterte Frigel. „Wenn du von den Monstern gefressen wirst, wer soll sie dann dort rausholen?!"

„Ich lasse mich nicht fressen!"

„Ach ja?", erwiderte Frigel. Erik brachte ihn zur Verzweiflung. „Weil du das sagst, ist es wahr, oder wie? Wie du auch behauptet hast, dass du das Bogenschießen gewinnst? Und das Bootsrennen?"

Erik blieb wütend stehen.

„Das habe ich nie gesagt, du Betonkopf. Ich habe gesagt, dass ich die Schatzsuche gewinne. Und weißt du was? Ich habe sie gewonnen!"

„Nur durch Betrug!", schrie Frigel ihn an, während Fluffy zu knurren anfing.

Der Himmel verfinsterte sich. Im Wald gewann die Dunkelheit die Oberhand. Die Jungen schauten um sich.

„Was hat dein Hund?", fragte Erik leise.

„Die Sonne ist fast untergeangen", erwiderte Frigel ebenso leise. „Wir sollten uns beeilen. Komm, Fluffy."

Erik und Frigel beschleunigten ihre Schritte und schauten sich immer wieder unruhig um.

„Ich weiß, was ich tue, verstehst du, Frigel?", ließ Erik nicht locker. „Ich gehe zu den Höhlen, hole Jenna und gehe wieder. Ein für allemal, ich brauche deinen Beistand nicht. Also geh mir aus den Blockaugen!"

Ein Skelett wählte genau diesen Moment, um aus dem Gehölz hervorzukommen.

Die beiden Jungen blieben mit offenem Mund stehen. Entsetzt tat Erik einen Schritt zurück. Das Monster brachte seinen Bogen in Anschlag. Frigel schrie:

„Runter!"

Er warf sich hin, Erik tat es ihm nach. Der Pfeil streifte sie fast und landete in einer Eiche gleich hinter ihnen. Das Skelett bereitete einen neuen Pfeil vor und peilte Frigels Kopf an. Zum Glück warf sich Fluffy mutig auf das Monster. Gierig bohrten sich seine Zähne ins Kniegelenk der Kreatur, die den Angreifer abzuschütteln versuchte, indem sie mit ihren fleischlosen Händen auf ihn einschlug – untermalt von einem grauenerregenden Rasseln.

„Fluffy!"

Frigel sprang auf und rannte los, um seinen Hund zu retten. Er schlüpfte unter dem Bogen durch, sein Schwert in der Hand, und schlug damit zum ersten Mal in seinem Leben ein Monster.

Der Schlag war enttäuschend. Zum einen war sein Steinschwert schwer und nicht sehr wirkungsvoll. Zum anderen hatte Frigel mit zehn Jahren bei Weitem nicht die Kraft eines Erwachsenen und seine bisherigen Erfahrungen beschränkten sich auf die vom Dorf organisierten Spiele. Und zu allem Überfluss verlor er auch noch das Gleichgewicht. Kurz und gut, die Klinge berührte

die Knochen gerade mal so, doch der Stoß regte das Skelett auf, es trat einen Schritt zurück und schoss. Frigel blieb eben noch genug Zeit, dem Pfeil auszuweichen. Erik, inzwischen aufgestanden, schlug nun seinerseits mit seinem Holzschwert so stark zu, wie er konnte.

Ein guter Schlag, doch das Skelett schwankte nicht mal.

Es wandte sich erneut den Kindern zu, während Frigel die Lage einschätzte.

Sie waren der Situation nicht gewachsen.

Sie würden sich in feine Scheiben schneiden lassen.

„Erik!", rief er. „Wir rennen!"

Sein Rivale zögerte einen kurzen Moment, dann drehte er sich um und die beiden Jungen rasten wie die Irren in den Wald. Ein Pfeil streifte ihre Waden und bohrte sich ins Gestrüpp, ein anderer flog über ihre Köpfe hinweg. Doch die Kinder waren schnell und bald verlor das Monster ihre Spur. Fluffy jaulte dem appetitlichen Haufen Knochen betrübt hinterher.

Nach einigen Minuten blieben Frigel und Erik erschöpft stehen. An einen Stamm gelehnt rangen sie nach Atem.

„Es ist Nacht. Es werden weitere kommen", gab Frigel leise zu bedenken.

„Gut, dass du da bist, um mir das mitzuteilen", grummelte Erik.

Frigels Herz schlug zum Zerspringen.

„Wo sind die Grotten?", raunte er.

„Ganz nah", flüsterte Erik. „Hörst du? Das ist der Kabeljau-Strom ..."

Das gewohnte und beruhigende Geräusch von fließendem Wasser war tatsächlich nah. Erik setzte sich wieder in Bewegung und ging darauf zu, dicht gefolgt von Frigel. Es ging bergauf, das Gelände wurde steiniger. Ab und zu knurrte Fluffy, die Jungen beschleunigten ihre Schritte.

„Wir sind da", flüsterte Erik.

Vor ihnen baute sich die Silhouette des beeindruckenden Bergs der Ghasthöhe auf. Und dort, etwas weiter links zwischen den Felsen, öffnete sich ein Loch. Quadratisch. Dunkel.

„Diesen Eingang kenne ich nicht", meinte Frigel zögernd.

„Es gibt mehrere."

Trotz all seines Mutes hielt auch Erik kurz inne. Fluffy stieß ein zögerliches „Wuff" aus.

„Wir finden meine Schwester und verschwinden. Verstanden?", flüsterte Erik.

Er verschwand in dem Loch. Frigel atmete tief ein und folgte seinem schlimmsten Feind in die Tiefen der Erde.

Kapitel 21

Die Grotte war aus dem Stein herausgeschlagen; drei Stufen führten in eine erste Höhle. Zu Frigels Erstaunen hatte Erik, gut ausgestattet, eine Fackel entzündet.

„Die Treppe war schon da", erklärte er. „Ich denke, wir sind nicht die Einzigen, die diesen Ort erkunden."

„Seid ihr hier reingegangen?"

„Nein, hier sind wir rausgekommen", stellte Erik klar. „Ich werde denselben Weg in die entgegengesetzte Richtung laufen. Und was dich angeht … Du kannst immer noch umkehren, Frigel“, fügte er hinzu, doch die Provokation wirkte etwas aufgesetzt.

„Nicht ohne Jenna“, lautete die Antwort.

Nach einigen Blöcken weitete sich die Höhle plötzlich. Frigel ging bis zum Rand des Felsens und erschauerte: Vor ihm öffnete sich ein erster Abgrund, der den Blick freigab auf weitere Plattformen, die ihrerseits auch ins Nichts hineinragten. Eine scheinbar unendlich in die Tiefe ragende Abfolge von Abgründen und Passagen.

„Wir steigen nicht hinab“, erklärte Erik und zeigte stattdessen nach links. Wir sind von der Seite gekommen. Ich …“

Ein aus der Tiefe kommendes Grollen hallte wider und die beiden Jungen erstarrten. Frigel kam es so vor, als hätte die Erde gebebt. Kleine Steinchen rieselten von der Decke.

„Was war das?“, flüsterte Frigel.

Mit gerunzelter Stirn blickte Erik sich um.

„Ich weiß nicht.“

Stille breitete sich um sie aus und die Jungen gingen auf dem Felsen am Rande des ersten Abgrunds entlang. Bei jedem Schritt zeichnete die Fackel tanzende Schatten an die Wände. Die Stille war vollkommen.

Weitere Gänge zweigten gen Westen ab. Weiter hinten verlor sich eine breite Treppe in der Dunkelheit.

„Jenna?", rief Erik leise. „Jenna?"

Keine Antwort. Die beiden Jungen stießen tiefer in das Labyrinth vor.

„Bist du dir sicher mit dem Weg?", raunte Frigel.

Erik nickte, Besorgnis zeichnete sich in seinem Gesicht ab. Die Zeit verging, während sie immer weiter vordrangen in diese mineralische Welt, in der Frigel sich unwohl fühlte, verletzlich. Plötzlich hob er die Hand.

„Pst! Hör mal ..."

Ein Schlurfen: Sohlen auf Stein. Zögerliche Schritte, ein dumpfes Stöhnen ... Erik und Frigel näherten sich dem Rand der Plattform. Eine Etage tiefer, einige Blöcke entfernt, bewegten sich vier Zombies langsam fort, blindlings, mit ausgestreckten Armen. Die beiden Jungen zogen sich sogleich zurück.

„Nicht ein Laut", flüsterte Frigel. „Wir schleichen uns unbemerkt vorbei."

Vorsichtig und in absoluter Stille gingen sie über den Monstern lang.

„Glaubst du, sie riechen uns?", raunte Frigel, als sie etwas entfernt waren. „Oder hören sie uns?"

„Keine Ahnung", erwiderte Erik.

Er blieb abrupt stehen und deutete auf einen Tunnel.

„Vorhin, Brough, Jenna und ich ... Dort ist unser Weg eingemündet."

„Sehr gut", meinte Frigel und war schon unterwegs.

Erik hielt ihn zurück.

„Nein, warte! Ich wollte sagen: Als wir dort vorbeikamen, war meine Schwester noch bei uns, da bin ich mir sicher. Dieser Spalt da ... Ich habe sie gewarnt und sie ist drübergesprungen.

Frigel nickte.

„Also ist sie danach verschwunden."

Die beiden Jungen betrachteten die felsige Unendlichkeit um sie herum. Erik war ganz bleich.

„Das ist zu groß. Wir werden sie niemals wiederfinden."

Zum Glück neigte Frigel nicht dazu, sich entmutigen zu lassen.

„Lass uns nachdenken. Stellen wir uns vor ... Du bist Jenna, einverstanden? Und du verirrst dich. Du würdest niemals einen Gang nehmen, der bergab führt. Deine Schwester ist nicht blöd. Sie wusste, dass ihr bergauf laufen musstet, um rauszukommen."

„Du hast recht", stimmte Erik zu. „Sie hat mit Sicherheit einen Weg gewählt, der ihr logisch erschien."

Die beiden Kinder liefen denselben Weg zurück, den sie gekommen waren, bis Frigel leise ausrief:

„Dort!"

Mit „dort" meinte er einige Stufen, die auf der linken Seite ins Halbdunkel hinaufführten. Nur ein Moment der Unaufmerksamkeit und Jenna könnte diese Treppe genommen haben – in der Annahme, sie führe zum Ausgang, während sie in Wirklichkeit ... zu einem Schacht ging. Fünf Blöcke fiel dieser in die Finsternis ab.

Erik rief:

„Jenna!"

Keine Antwort.

„Sie war in vollem Lauf, vielleicht ist sie hineingefallen", überlegte Frigel laut. „Womöglich hat sie das Bewusstsein verloren. Das würde erklären, warum sie nicht nach euch gerufen hat ..."

Erik sah Frigel schweigend an. Dann holte er seine diamantene Spitzhacke heraus und schlug eine Treppe in die Steinwand. Gemeinsam stiegen sie hinunter.

„Jenna?"

Wieder nichts. Silbrige Reflexionen flimmerten in dem Stein. Beim Nähertreten entdeckte Frigel Eisen und weiter unten etwas Kohle. Der Ort hatte offenbar ehemals dem Bergbau gedient, ein Teil des Metalls war abgebaut worden. Etwas Holz, das wohl für irgendein Bauprojekt vorgesehen gewesen war, hatte man zurückgelassen.

„Das macht keinen Sinn", murmelte Erik. „Falls Jenna gefallen ist, warum ist sie nicht hinaufgestiegen, nachdem sie wieder bei Bewusstsein war? Sie hätte von Hand eine Treppe bauen können ...

Die Antwort stöhnte direkt hinter ihrem Rücken.

Die Zombies hatten sie wiedergefunden.

Erik und Frigel schrien überrascht auf und wichen zurück. Mit zitternden Händen packte Erik seine Spitzhacke weg und holte sein Schwert hervor, während Frigel seines bereits erhob. „Das war die Erklärung", dachte er. „Jenna musste nach dem Aufwachen vor den Monstern fliehen. Wenn sie es denn geschafft hatte zu fliehen ..."

Die Kreaturen waren fast bei ihnen.

„Bereit, Fluffy?", fragte Frigel.

Der Hund knurrte die Zombies an und bereitete sich zum Beißen vor. Dann hielt er inne, schnupperte, als würde er etwas riechen, – und verschwand einfach.

„Fluffy", rief Frigel verzweifelt.

Sein Hund ließ ihn im Angesicht der Untoten im Stich! Frigel rief ihn erneut, doch zu spät: Fluffy war tatsächlich weg. Zwei Zombies waren vor ihnen, die beiden anderen schnitten ihnen den Rückzug ab.

Sie waren umstellt.

Erik und Frigel stellten sich Rücken an Rücken, bereit, um ihr Leben zu kämpfen.

„Lass dich nicht von ihnen erwischen!", schrie Erik und stürzte sich mit einem wütenden Schrei auf die Monster.

Frigel sollte von diesem Kampf nicht mehr als ein paar diffuse Bilder in Erinnerung behalten. Er schlug mit all seinen Kräften zu und konnte die Untoten etwas zurückdrängen. Erik kämpfte verbissen, riß den Zombies Fetzen ihrer verwesten Haut heraus, während um die Jungen herum das gräßliche Knurren der Kreaturen widerhallte. Und plötzlich: Ein Zombie packte Erik, grausam stieß er seine Zähne in dessen Fleisch.

„Nein", schrie Frigel.

Er schlug mit aller Kraft zu, der Zombie ließ Erik los, dieser rappelte sich auf und verpasste dem Angreifer voller Wut einen Schwertschlag in den Rücken. Die Kreatur taumelte und wie elektrisiert schlug nun Frigel zu, dann wieder Erik ... und noch ein Schlag von Frigel ...

Der Zombie starb und verschwand.

Frigel stand einen Moment bewegungslos da, baff vor Erstaunen. Er hatte ein Monster getötet. Mit zehn Jahren hatte er zum ersten Mal in seinem Leben eine Kreatur beseitigt. Ganz allein! Na ja, nicht wirklich allein. Er war so in Gedanken, dass er den Alarmschrei von Erik nicht hörte.

„Frigel! Achtung!"

Zu spät! Der Zombie hatte ihn gepackt; Frigel verteidigte sich verzweifelt …

KLACK!

Ein Pfeil bohrte sich in die Kreatur, ein weiterer fogte sogleich. Die Zombies knurrten und wandten sich um, während eine mysteriöse weibliche Silhouette, auf dem Felsen über ihnen kauernd, erneut ihren Bogen spannte. Erik rief:

„Jenna?"

Es war Ophelia. An ihrer Seite bellte fröhlich Fluffy, sichtlich stolz auf sich.

„Rennt los, ihr Dummköpfe", schrie sie.

Sie hörte nicht auf, Pfeile abzufeuern. Ein zweiter Zombie war erledigt, auch er fiel zu Boden und verschwand. Frigel und Erik rasten auf die Öffnung zu und kletterten mit Hochdruck zu ihrer Freundin empor, während die Untoten unbeholfen versuchten, sie einzuholen. Oben angekommen wollte Frigel Ophelia danken, doch diese rief:

„Dafür ist jetzt keine Zeit!"

Zwei Skelette kamen von links aus einem Tunnel hervor, eine andere Gruppe von Zombies versuchte, ihnen den Weg abzuschneiden. Die drei Kinder und der Hund nahmen die Beine in die Hand und stiegen auf gut Glück in die Abgründe hinab.

„Nie im Leben entkommen wir!", rief Erik. „Wir müssen einen Unterschlupf bauen!"

„Was du nicht sagst!", war Ophelias Antwort.

„Hier lang!", rief Frigel.

Sie rannten nach rechts in einen ruhigeren Tunnel. Erik warf Ophelia seine diamantene Spitzhacke zu und die junge Architektin höhlte in Windeseile ein Loch in der Steinwand aus. Anschließend vergrößerte sie die so entstandene Höhle, während Erik und Frigel nervös Wache standen.

„Schnell!"

Sie warfen sich in den engen Unterschlupf und schlossen den Eingang hinter sich mit Steinblöcken.

So befanden sie sich schließlich alle drei wohlbehalten in der kleinen Höhle, die von warmem Fackellicht erleuchtet war.

Kapitel 22

„Ich habe Ausrüstung im Dorf geholt", begann Ophelia zu erzählen. „Fackeln, Pfeile, außerdem … Uff!"

Sie wurde unterbrochen: Frigel schloss sie fest in die Arme.

„Ophelia", sagte er tief bewegt, „du hast uns das Leben gerettet. Danke!"

„Bedank dich bei Fluffy!", widersprach ihm seine Freundin. „Ohne ihn hätte ich euch nie gefunden. Er hat mich rufen gehört und dann zu euch geführt."

Der Held des Augenblicks wedelte stolz mit dem Schwanz.

„Bravo, mein Hund", sagte Frigel. „Entschuldige, ich hätte niemals denken dürfen, dass du uns im Stich gelassen hast."

Während Fluffy ihm fröhlich das Gesicht ableckte, holte Ophelia Apfelsaft und Gebäck hervor.

„Du bist verletzt, Erik. Hier, nimm und iss. Du musst wieder zu Kräften kommen."

Erik ließ sich nicht lange bitten. Nachdem er etwas getrunken hatte, wandte nun er sich an Ophelia und dankte ihr seinerseits,wenn auch ein bisschen steif.

„Vielen Dank, Ophelia. Ohne dich wären wir verloren gewesen."

Das Mädchen neigte den Kopf, auch sie förmlich, bevor sie Frigel einen liebevollen Blick zuwarf.

„Ausgeschlossen, dass ich meinen besten Freund ganz allein in der Höhle lasse."

„Allein war er nicht", erwiderte Erik trocken. „Ich war dabei."

„Umso schlimmer!"

Erik reagierte nicht auf die Provokation. Sorgenvoll wandte er den Blick ab. Teilnahmsvoll fragte Ophelia nun mit gedämpfter Stimme:

„Und Jenna?"

Der Junge schüttelte den Kopf.

„Keine Spur."

„Das ganze Dorf ist in Aufruhr", erklärte Ophelia. „Wir müssen nur warten. Sie sind dabei, eine Rettungsmannschaft zusammenzustellen. Ich habe mich unauffällig verdrückt, um euch so schnell wie möglich zu treffen", erklärte sie mit gesenkter Stimme. „Ich habe mir gedacht, diese beiden Idioten werden sich in die Dunkelheit begeben und unbedachte Risiken eingehen …"

„Und du hattest gar nicht so unrecht", gab Frigel amüsiert zu.

„Wie geht es meinen Eltern?", fragte Erik.

Ophelia zögerte.

„Sie sind natürlich sehr beunruhigt", antwortete sie nach einer kleinen Pause.

„Sie denken, dass es mein Fehler ist, nicht wahr?! Dass ich meine kleine Schwester mit in die verbotenen Höhlen geschleppt habe …"

„Ich bin mir sicher, dass du Jenna nicht gezwungen hast", meinte Ophelia und vermied damit eine direkte Antwort. „Als sie dir gefolgt ist, wusste sie, was sie tat. Sie hat ihre eigene Entscheidung getroffen."

Erik, weiß wie eine Wand, stand abrupt auf und blieb einen Moment still stehen. Dann wandte er sich Frigel zu.

„All das ist deine Schuld!", brach es aus ihm heraus.

Frigel und Ophelia waren sprachlos.

„Warum?"

„Wenn du nicht so verbissen auf den ersten Platz erpicht gewesen wärst, wäre es gar nicht erst zu unserem Betrug gekommen. Warum wolltest du diese Schatzsuche eigentlich so unbedingt gewinnen, hä?"

Frigel saß da mit offenem Mund und wusste nicht, was er antworten sollte.

„Aber ..."

„Du bist allen egal!", fuhr Erik fort. „Ob du nun verlierst oder gewinnst: Du enttäuscht niemanden, du machst niemandem eine Freude! Warum kämpfst du bloß so?"

Stille breitete sich im Unterschlupf aus. Frigel war wie gelähmt vor Erstaunen. Dann wandte er den Blick ab und erklärte nach einigem Nachdenken:

„Ich kämpfe für mich!"

Erik sah ihn an, ohne etwas zu sagen. Frigel führte seine Gedanken aus:

„Es ist eine Herausforderung, der ich mich stelle. Ich versuche nicht, jemandem zu gefallen. Es ist wie bei Ophelia, wenn sie ihre Statuen errichtet."

„Darüber habe ich nie nachgedacht", meinte Ophelia gedankenvoll. „Aber es stimmt: Die Statuen sind nicht für meine Familie oder für Bartholomäus. Die Bildhauerei tut mir gut, mir selbst."

Nachdem er noch einen Moment still verharrt hatte, setzte Erik sich langsam wieder hin.

„Das war bei mir noch nie so", erklärte er. „Ich habe immer alles für meine Eltern gemacht. Jeden Tag wiederholen mein Vater und meine Mutter, dass ich mich Haroch dem Mutigen würdig erweisen muss", fuhr er erbittert fort. „Dass ich ein großer Krieger, der Beschützer des Dorfs werden muss. Sie wollen, dass ich in allem der Beste bin …"

Frigel lächelte ein wenig.

„Ich würde sehr gern von einem großen Krieger abstammen."

Erik zog die Schultern hoch.

„Glaub mir, Frigel, du hast Glück, dass du ein Waisenkind bist."

„Erik!", schaltete sich Ophelia schockiert ein, doch dieser schüttelte den Kopf und ignorierte den Einwurf.

„Du kannst machen, was du willst. Sein, wer du willst."

„Und wer soll ich schon sein, deiner Meinung nach?", erwiderte Frigel bitter.

„Und wisst ihr was?", warf Ophelia ein. „Dieser Haroch der Mutige geht mir so langsam auf den Geistblock! Es ist einfach, sich epische Legenden auszudenken über jemanden, den wir nie gesehen haben und der in einer Zeit lebte, die wir nicht kennen. Wenn man den Alten Glauben schenkt, war Haroch überall gleichzeitig und hat alle Monster der Schöpfung bekämpft …"

„Er hat Hunderten von Spinnen in der verschollenen Mine der Ghasthöhe getrotzt", erklärte Erik, „irgendwo hier zu unseren Füßen."

„Ah ja, die berühmt-berüchtigte verschollene Mine, wo Haroch sein Tapferkeitsmedaillon verlegt hat", fuhr Ophelia fort. „Das hast du mir doch erzählt, Frigel, oder?"

„Ja, ein Medaillon aus Obsidian, geschmückt mit Schwert und Eichenblatt." Der Junge gab wieder, was der alte Marali ihm anvertraut hatte. „Derjenige, der es findet, wird ein Held sein. Aber …"

„Haroch der Mutige hat existiert", unterbrach Erik ihn. „Er ist mein Vorfahr. Es gibt Beweise."

Für einen Moment herrschte Stille in der kleinen Höhle.

„Was würdest du sonst tun, Erik?", fragte Ophelia. „Wenn du nicht der Beschützer des Dorfs werden müsstest, um es deinen Eltern recht zu machen?"

„Ich weiß nicht", sagte der Junge leise. „Reisen?"

Schweigen.

„Ich verstehe nicht, warum die Erwachsenen so lange brauchen, um zu uns zu kommen", meinte Ophelia.

„Vielleicht haben sie sich verlaufen", gab Frigel zu Bedenken. „Womöglich können sie uns nicht finden."

„Vielleicht kommen sie auch gar nicht", meinte Erik düster. „Vielleicht haben sie sich entschieden, uns hier sterben zu lassen."

Frigel und Ophelia sahen sich entsetzt an.

„Natürlich nicht", widersprach Frigel. „Nie im Leben lassen sie uns im Stich. Sie …"

Erneut hallte ein Grollen wider, dieses Mal stärker. Fluffy bellte entsetzt, während das Gestein um sie herum bebte. Wieder rieselten kleine Steinchen herunter. Der Vorfall endete so plötzlich, wie er begonnen hatte.

Die Kinder sahen einander ängstlich an.

„Ein Erdbeben?", fragte Ophelia besorgt.

„Ich verstehe das nicht", murmelte Erik. „Es passiert schon zum zweiten Mal."

„Kann eigentlich eine Maschine die Erde zum Beben bringen?", fragte Frigel unvermittelt.

„Was?"

Mit gerunzelter Stirn dachte der Junge an seine Begegnung mit dem geheimnisvollen Mann in Grau.

„In einem Gang nicht weit von hier habe ich vom Grund eines tiefen Spalts ein Knirschen gehört, eine Art Dröhnen", erklärte er. „Ich habe gedacht, es käme von einem Monster, aber ..."

„Warum sollte hier jemand so eine teuflische Maschine erfinden?", fragte Ophelia.

Erik ergriff sein Schwert.

„Ich weiß es nicht. Und es ist mir egal. Jedenfalls habe ich lange genug gewartet. Ich suche jetzt meine Schwester."

Ophelia reichte Frigel und Erik jeweils einen Bogen und Pfeile. Nun waren sie besser ausgerüstet, um sich der Gefahr zu stellen.

KAPITEL 23

Die drei Kinder verließen vorsichtig ihren Unterschlupf und nahmen ihre Erkundung – nun mit mehr Methode – wieder auf. Frigel ging vorn als Aufklärer, während Fluffy verdächtige Gerüche erschnüffeln sollte. Ophelia gab ihnen mit ihrem Bogen von weiter oben Deckung und Erik deckte ihren Rücken. Wenn ein Bereich gefahrenfrei schien, durchkämmten sie ihn auf der Suche nach Jenna.

Einmal trafen die jungen Abenteurer auf drei Zombies, die sie jedoch schon von Weitem mit Pfeilschüssen ausschalteten. Als sie ein Skelett sahen, drehten sie sofort um, auch wenn Fluffy gierig knurrte – hätte er doch gern im Vorbeigehen ein oder zwei Knochen abgenagt.

Kurz darauf rief Ophelia leise:

„Schaut mal!"

Die Fackel erleuchtete ein „J", das offenbar hastig mit Kohle an die Wand gemalt worden war. Die beiden Jungen gingen näher ran.

„Dort!", zeigte Frigel. „Noch eins!"

„J wie Jenna", flüsterte Erik. „Vielleicht hat sie sich verlaufen und ihren Weg so gekennzeichnet, um nicht im Kreis zu laufen."

„Oder sie hat eine Spur hinterlassen in der Hoffnung, dass sie gefunden wird", fügte Frigel an.

Sie fanden ein drittes „J", dann ein viertes. Sie folgten der Spur mit großer Vorsicht, stets bereit auf einen möglichen Angriff zu reagieren.

„Da!", rief Erik. „Ein weiteres!"

Das war wie eine Schatzsuche, dachte Frigel, bloß der Lohn war weit wertvoller als eine diamantene Spitzhacke. Und Erik hatte bei der Vorstellung, dass seine Schwester am Leben war, gleich doppelt so viel Energie.

Der Weg ging stetig bergab.

„Das ist komisch, die Spur führt immer weiter in die Tiefen der Grotte", gab Ophelia zu bedenken.

„Vielleicht wurde Jenna verfolgt", meinte Frigel und blieb plötzlich erschreckt stehen. „Ein Enderman!", flüsterte er. „Nicht hinsehen!"

Die Kinder schlossen sofort die Augen.

„Dreht euch ganz langsam um", raunte Ophelia.

Nachdem sie dem Monster den Rücken zugekehrt hatten, verzogen sie sich rasch in einen nahen Gang.

„Ein Enderman? Bist du sicher?", fragte Erik mit gesenkter Stimme.

„Ganz sicher", sagte Frigel. Ihn überlief ein Schauer des Grauens.

Zum Glück hatte er die Kreatur nur flüchtig gesehen. Groß, schwarz und dürr war er über die Steine geschlichen. Ein Enderman griff nur an, wenn man ihn direkt anschaute, hatte ihm sein Großvater erklärt. Eines Abends, Frigel war erst acht Jahre alt, hatte er zusammen mit Ernald einen Enderman über ein einsames Feld gehen sehen. Na ja, zum Glück nicht wirklich gesehen, sondern nur gerade so erahnt. Ernald hatte seinem Enkel sofort seine Hand vor die Augen gehalten. Sie waren umgekehrt und hatten sich rasch entfernt. Doch die gespenstische Silhouette der Kreatur spukte über Monate in den Alpträumen des Kindes herum.

„Wir müssen da vorbei", insistierte Erik. „Die Spur von Jenna führt in diese Richtung."

Ophelia war entsetzt:

„Bist du verrückt? Dann werden wir fertiggemacht."

„Und wenn wir ihn nicht ansehen?!", schlug Frigel vor. „Wenn wir auf unsere Füße schauen, während wir an ihm vorbeigehen?"

„Nur ein flüchtiger Blick und wir sind verloren", gab seine Freundin zu bedenken. „Wenn er eine Bewegung macht, wenn wir ein Geräusch hören, reflexartig wird einer von uns den Blick heben und ..."

Frigel stellte sich vor, wie das dunkle Monster über sie herfiel.

„Als ich klein war", erzählte er mit gesenkter Stimme, „dachte ich, dass Endermen Bruchstücke der Nacht sind."

„Poetisch und sehr hilfreich", meinte Erik ironisch und fuhr fort: „Wir brauchen bloß die Fackeln zu löschen."

Ophelia und Frigel tauschten beunruhigte Blicke. Erik erläuterte seine Idee:

„Wir löschen alle Fackeln, gehen im Dunkeln am Enderman vorbei und zünden sie wieder an, wenn wir weit genug entfernt sind."

„Du willst wirklich, dass wir auf unsere einzige Lichtquelle verzichten und blind herumlaufen in Höhlen, die von Monstern bevölkert und voller Abgründe sind?", wandte Ophelia ein.

„Ja."

Erstaunlicherweise widersprach sie nicht, stattdessen unterdrückte sie ein Lachen.

„Na, deine Eltern bräuchten sich wirklich keine Sorgen wegen dir zu machen. Dir fehlt es sicher nicht an Mut. Höchstens vielleicht an Grips", fügte sie in neckendem Ton hinzu. „Doch wenn es dieses Tapferkeitsmedaillon wirklich gibt, würde ich es dir gern schenken."

Erik sah sie einen Moment an und stammelte dann:

„Danke. Äh, ich … Das bedeutet mir viel."

Stille trat ein. Frigel runzelte die Augenbrauen. Wieder mal bemerkte er diese merkwürdige Spannung zwischen Erik und seiner Freundin. Dann kehrten seine Gedanken zum Enderman zurück.

Erneut schauderte es ihn.

„Ich befürchte, dass Erik recht hat, es ist die einzige Möglichkeit", sagte er leise.

Die darauffolgenden Minuten sollten zu den angstvollsten in Frigels ganzem Leben gehören. Die Fackeln waren gelöscht. Sie hatten den Weg ausgespäht, so gut sie es konnten, ohne in die Richtung des Monsters zu sehen. Nun gingen sie in vollständiger Dunkelheit mit kleinen Schritten einzeln hintereinander her.

Erik, dessen Idee das Ganze gewesen war, ging voran. Ophelia folgte ihm mit ihrer Hand auf seiner Schulter und trug Fluffy. Frigel hatte darauf bestanden, an letzter Position zu sein, um seine Freunde vor einem möglichen Angriff von hinten zu schützen.

Die Idee war mutig gewesen, die Durchführung war gruselig.

Jeder ihrer Schritte hallte im Dunkeln wider. Jedes Geräusch in der Mine schien um ein Vielfaches verstärkt. Frigel hörte das geringste Knacken, den leichtesten Lufthauch. Trat eines der Kinder auf einen Kieselstein oder ein zurückgelassenes Stück Holz, kam es Frigel vor, als würde das Geräusch bis ins Unendliche schallen. Stöhnen und gedämpftes Heulen drangen von weit her und der Enderman selbst stieß ein grauenhaftes Krächzen aus. Scheinbar grundlos erschallten seltsame Schlurfgeräusche und Schreie, die den Jungen zusammenzucken ließen. Vielleicht Nagetiere oder andere kleine Lebewesen, vielleicht Zombies, die in der Finsternis direkt auf sie zukamen … Schließlich vernahm er Eriks Stimme.

„Stufen", warnte dieser leise.

Und tatsächlich ertastete Frigel mit den Füßen den Anfang einer Treppe. Der Abstieg erschien ihm lang.

„Links oder rechts?", flüsterte Erik unten angekommen.

„Nach links", entschied Frigel auf gut Glück.

Sie drehten bei, marschierten weiter, bis Frigel beim Heben seiner Hand eine Wand streifte. Zweifellos ein weiterer Gang. Doch der Stein fühlte sich überraschend glatt an.

„Ich denke, wir sind nun außer Sichtweite des Enderman", teilte er seinen Freunden mit.

„Sehr gut", erwiderte Ophelia.

Sie holte ihre Fackel hervor und das Licht erhellte die Umgebung. Die jungen Abenteurer erstarrten vor Überraschung.

Frigel hatte keine Wand, sondern eine Säule berührt.

Aus Diamant.

Sie hatten den Eingang zur verschollenen Mine der Ghasthöhe erreicht.

KAPITEL 24

„Die verschollene Mine", raunte Frigel. Die Legende war wahr.

„Jenna!", rief Erik.

Seine Stimme verhallte ohne Antwort im Labyrinth, während Frigel und Ophelia weiter vordrangen. Ihnen stockte der Atem.

Zwei gewaltige Diamantsäulen säumten den Eingang. Sie wirkten wie von Riesen entworfen, so hoch waren sie. Und dahinter: aufgegebene Säle, geborstene

Stürze und Stützbalken, eingestürzte Absperrungen, Schienen, auf denen Loren vor sich hindämmerten … Hier und da waren im Stein Kohle, Eisen, Lapislazuli und Diamant zu sehen.

Hier hatten die Männer gearbeitet. Angesichts des Ausmaßes der Grube mussten es Dutzende, vielleicht sogar Hunderte von Arbeitern gewesen sein. Wie lange war das her? Jahrzehnte? Gar Jahrhunderte? Anschließend war der Ort in Vergessenheit geraten und der Staub der Zeit hatte ihn nach und nach überzogen.

Frigel näherte sich voller Faszination einem Diamantblock. Ophelia warnte ihn:

„Achtung! Erinnere dich, was die Geschichte erzählt. Haroch der Mutige wurde von Hunderten Spinnen angegriffen …"

„Ich werde vorsichtig sein", antwortete Frigel, bevor er still stehen blieb, um zu horchen.

Man könnte meinen …

„Jenna?", nun war er es, der nach ihr rief.

Fluffy stieß einen überraschten Kläffer aus und lief geradeaus davon in die Dunkelheit. Erik eilte zu seinen beiden Gefährten.

„Erik, ich habe eine Stimme gehört", verkündete Frigel mit klopfendem Herzen.

„JENNA!“ rief Erik voller Hoffnung und dieses Mal hörten sie es alle:

„Erik! Hilfe! Ich bin hier!“

Die drei Kinder rasten los, Fluffys aufgeregtem Bellen hinterher. Die Mine schien sich bis ins Unermessliche zu erstrecken und mit Sicherheit hätten sie sich verlaufen, wenn das Gebell des Hundes sie nicht geleitet hätte. Schließlich erreichten sie eine sehr große Grotte, in der durch eine Felsspalte Lava zu sehen war. Die Luft roch etwas verbrannt. Und dort befand sich oben auf einer Art Steinfestung mit dem Bogen in der Hand …

„JENNA!“

Nur wenige Augenblicke später schloss Erik seine Schwester in die Arme. Das Mädchen brach in Tränen aus und küsste ihren Bruder. Ein Schmerzensschrei entfuhr ihr.

„Vorsicht, Erik, ich habe mich am Bein verletzt. Ich kann nicht laufen.“

Erik untersuchte ihren Knöchel, während Frigel und Ophelia zu ihnen auf die Festung in luftiger Höhe kamen. Um sich vor Monstern zu schützen, hatte Jenna eine dicke Säule aufgerichtet und sich darauf eine Plattform mit einer hohen Umrandung errichtet. Unten war die Umgebung durchbohrt von Pfeilen und bedeckt mit Spinnennetzen.

„Du hast dir deinen eigenen Wachturm errichtet, so einen, wie er in Lanniel steht", bemerkte Ophelia mit einem Lachen, bevor sie ihre Freundin nun ihrerseits in die Arme schloss.

„Ich bin gefallen. Ich glaube, ich habe mir den Knöchel gebrochen", erklärte Jenna. „Ich konnte mich kaum bewegen. Da musste ich eine Lösung finden", fuhr sie fort. Sie lachte und weinte nun zugleich. „Das Problem ist, dass Spinnen nach oben klettern können, und ..." Jenna bemerkte Frigel. Sie unterbrach sich und errötete ein wenig.

„Du bist auch gekommen", murmelte sie. „Danke!"

Frigel wurde ebenfalls rot und war plötzlich ganz gehemmt.

„Ähm, ich ..., das heißt, wir waren beunruhigt und dann, äh ..."

Er stammelte irgendetwas Unverständliches. Ophelia mischte sich ein, um ihn aus der Affäre zu ziehen.

„Frigel konnte Erik doch nicht sich selbst überlassen", erklärte sie in lockerem Ton. „Bei dem Intelligenzgrad deines Bruders – er hätte sich womöglich selbst mit seinem eigenen Schwert aufgespießt."

Erik war viel zu glücklich, um sich zu ärgern. Er nahm die Hand seiner Schwester und sagte mit leiser Stimme:

„Jenna, ich bitte dich um Entschuldigung. Ich hätte dich niemals dazu verleiten dürfen, hierher ..."

„Spinnen!", meldete Frigel, der die Umgebung von ihrem erhöhten Fluchtort aus beobachtet hatte.

Tatsächlich näherten sich drei Spinnen. Sie kamen aus dem Saal, durch den auch die Kinder gelaufen waren. Fluffy knurrte. Die Monster waren noch weit weg. Frigel spannte seinen Bogen, während Jenna mit aufgeregter Stimme berichtete:

„Es gibt einen direkten Weg nach draußen, der nicht wieder durch die Grotten führt! Wie es in der Legende von Haroch beschrieben wird, erinnert ihr euch? Es heißt, entkommen sei er durch einen Tunnel, der oberhalb des Eingangs mit einem Kreuz aus Lapislazuli geschmückt sei. Und da, schaut mal!"

Jenna zeigte auf einen Tunneleingang sehr weit oben in der Wand.

„Das Kreuz! Ich habe es gleich gesehen, war aber zu schwach, um es zu erreichen."

Frigel feuerte seine Pfeile auf die Monster. Eine Spinne fiel zu Boden und verschwand, aber die beiden anderen kamen gefährlich nahe. Sie kletterten die

Wand hoch, um von der Decke aus anzugreifen. Frigel machte einige Verrenkungen, um sie ins Visier nehmen zu können.

KLACK!

Eine Spinne fiel herunter. Frigel nahm einen neuen Pfeil. Er runzelte die Stirn, als er feststellte, dass ihm nur noch fünf blieben.

„Wir müssen also diesen Tunnel erreichen", stimmte Ophelia zu. „Übrigens", fügte sie naserümpfend hinzu, „warum riecht es hier eigentlich so verbrannt?"

Jenna, der die Frage unangenehm zu sein schien, antwortete nicht. Ophelia wollte gerade insistieren, als die Spinne bedrohlich nahe kam und Frigel ausrief:

„Hey, Freunde, wie wäre es mit etwas Unterstützung?!"

Seine Kameraden ergriffen ihre Bögen. Zum Glück erlegten sie die dritte Spinne, kurz bevor sie sich auf die Plattform fallen lassen konnte. Das Monster löste sich in Luft auf.

„Ich habe kaum noch Pfeile", meinte Erik besorgt. „Wir müssen …"

Erneut trat dieses unheimliche Grollen auf. Die folgende Erschütterung war so heftig, dass Jennas Festung hin und her wackelte. Einige Steine fielen von der

Decke herunter und zerschlugen auf dem Boden zu einem Kieselhagel. Im Boden tat sich ein Spalt auf und eine Art orangefarbene Glut wurde sichtbar.

„Lava", murmelte Frigel.

Die vier Kinder sahen einander beunruhigt an.

„Wir müssen hier verschwinden", erklärte Erik. „Jenna, wir helfen dir beim Gehen. Los jetzt, auf zum Tunnel."

KAPITEL 25

Mit klopfendem Herzen stiegen die jungen Abenteurer von ihrem Turm herab und machten sich daran, eine Treppe zu bauen, über die sie den durch das Kreuz aus Lapislazuli markierten Ausgang erreichen konnten. Sie arbeiteten so schnell es ging, benutzten dabei, einander abwechselnd, die diamantene Spitzhacke. Jenna saß auf einem Block und hielt Wache, meldete, wenn sich Spinnen näherten, und durchlöcherte sie mit Pfeilen, sobald sie auf dem Vormarsch waren.

„Nur noch 18 Pfeile", meldete sie angespannt. „Insgesamt."

„Wir beeilen uns ja schon", brummte Erik von weit oben an der Mauer.

„Alarm!", schrie Jenna. Die Kinder wandten sich um.

Rund zwanzig Spinnen kamen aus verborgenen Winkeln der Mine auf die Kinder zu und verteilten sich dabei über den Boden und die Wände. Frigel kletterte die Stufen mit dem Schwert in der Hand im Lauf herunter, während Ophelia Jenna half, diese zu erklimmen.

„Arbeite weiter an der Treppe, Erik!", rief Frigel. „Ich halte die Spinnen auf!"

„Wir decken die Seiten!", rief Ophelia. Die beiden Mädchen postierten sich mit ihren Bögen in der Hand auf halber Höhe und zielten auf die Monster, die an der Wand hochkletterten, während Erik sich auf seine Arbeit konzentrierte.

Mit Angst im Bauch positionierte sich Frigel unten an der Treppe und beobachtete, wie die erste Spinne näherkam. „Ich halte sie auf!", das war leicht gesagt, doch bisher hatte er ein einziges Monster mit dem Schwert getötet, und das nur mit der Hilfe von Erik. Die anderen Kreaturen hatten sie aus der Ferne mit Pfeil und Bogen erledigt. Einer Spinne – nein, mehreren Spinnen – im Nahkampf zu begegnen, das war eine ganz andere Herausforderung …

Und zum ersten Mal fragte sich Frigel, ob er aus diesem Abenteuer heil herauskommen würde.

„Ich hab's fast", rief Erik von oben.

Die erste Spinne warf sich auf Frigel.

Der Junge hatte solche Angst, dass er fast blindlings kämpfte. Kalter Schweiß lief ihm den Rückenblock herunter, während er zuschlug, dem Monster auswich, sich drehte und wendete. Es war eine blaue Spinne, eine giftige also. Er durfte unter keinen Umständen zulassen, dass sie ihn biss. Der Junge sprang auf die erste Stufe, schlug erneut zu … Tatsächlich, die Kräfte der Spinne schienen nachzulassen. Sie stürzte sich gereizt auf ihn. Er konnte gerade noch ihre furchterregenden Fangzähne sehen, bevor er seitlich wegtauchte und zum entscheidenden Schlag ausholte.

Die Spinne war tot und verschwand. Frigel umklammerte atemlos den Griff seines Schwerts.

„Frigel!", rief Jenna voller Angst.

Drei neue Spinnen! Jenna schoss ihre Pfeile ab und Ophelia erhob die Stimme:

„Halt durch, Frigel, ich komme!"

Zu spät. Der Junge wich zurück, er war eingekreist.

Die größte Spinne stürzte herbei, die Fangzähne kamen ihm entgegen.

Sssssssssssss …

Ganz vom Kampf eingenommen hatten weder Frigel noch seine Freunde den Creeper – nein, schlimmer: die Creeper, es waren zwei – kommen sehen. Für eine Flucht war es zu spät. Die Explosion war so ohrenbetäubend, dass Frigel für einen Moment sogar die Gefahr vergaß und sich einfach nur stöhnend die Ohren zuhielt. Die Decke der Mine stürzte teilweise ein, kleine und große Steine kamen lawinenartig herunter, während sich im Boden Spalte auftaten und neue dampfende Lavaseen zum Vorschein kamen. Auf der linken Seite brach eine ganze Wand zusammen. Der Junge verlor das Gleichgewicht und fiel hin, ein Steinhagel ging über seinem Kopf nieder. Ein Schrei hallte aus weiter Ferne herüber …

Frigel verlor das Bewusstsein.

Er befand sich verletzt in der verschollenen Mine der Ghasthöhe und hörte Erik rufen: „Frigel! Hilfe!"

Fluffy jaulte sich die Seele aus dem Leib. Frigel wollte aufstehen, aber die Beine versagten ihm den Dienst.

„Steh auf!", tönte die tiefe Stimme von Haroch dem Mutigen an seinem Ohr.

Frigel öffnete abrupt die Augen.

Der Albtraum verflüchtigte sich, aber die Realität war noch schlimmer. Er lag gelähmt vor Schmerz auf dem Boden. Während der Explosion waren die Fackeln erloschen, die Mine lag im Dunkeln. Ein Rufen von weit her:

„Frigel! Ich falle gleich! Hilf mir!"

Erik! Frigel schaffte es nicht, sich zu erheben, er war derart schwach, hatte solche Schmerzen ...

„Jenna", war Ophelia weit entfernt gerade noch zu vernehmen. „Beweg dich nicht ... Ich werde ..."

Mehr konnte Frigel nicht verstehen. In seinem Kopf drehte es sich, seine Ohren summten. Das Glühen der Lava erhellte die Grotte ein kleines bisschen. Die meisten Spinnen waren vom Steinhagel zerquetscht worden, doch weiter hinten regten sich schon wieder andere. Er musste aufstehen, aber es ging nicht ...

„Frigel! Hilfe!"

Und Fluffy jaulte immer noch.

„Erik, es tut mir leid", murmelte Frigel. „Ich kann nicht ..."

Er unternahm einen letzten Versuch, sich aufzurichten, stützte sich dabei auf dem Felsen ab. Da berührte seine Hand etwas, das rund und kalt war. Frigel zögerte, dann hielt er sich das Objekt vor die Augen.

Aus Obsidian. Ein Eichenblatt. Ein Schwert.

Das Medaillon von Haroch dem Mutigen.

Der Nebel in seinem Kopf verzog sich plötzlich. Er konnte Erik unmöglich sterben lassen. Haroch der Mutige hätte das nie getan! Unbeholfen gelang es Frigel sich aufzurichten. Sein ganzer Körper war in Schmerz getaucht. Er machte einen ersten kleinen Schritt, während er das Medaillon in seine Tasche gleiten ließ.

„Erik!"

Keine Antwort. Stolpernd kam Frigel voran. Er orientierte sich an Fluffys leidvollem Jaulen. Das Bild, das sich ihm bot, ließ ihn vor Schreck erstarren. Erik hing über einem Lavasee, er hielt sich mit seiner linken Hand gerade noch so am Rand eines Felsspalts fest. Entsetzt rannte Frigel los …

Er schien zu spät zu kommen. Erik stammelte:

„Frigel, ich werde …"

Frigel erwischte seine Hand in dem Moment, als Erik sich nicht mehr halten konnte.

Kapitel 26

Frigel half Erik auf den Felsen hoch. Dort brachen beide Jungen entkräftet zusammen, während der erleichterte Fluffy seinen Herrn voller Begeisterung empfing.

Dieser blinzelte. Unweit bewegte sich eine Spinne.

„Wir müssen fliehen“, flüsterte er und richtete sich unter Schmerzen auf.

Mehr schlecht als recht schleppten sich die Jungen einander gegenseitig stützend in Richtung Treppe. Ophelia war schon dabei, Jenna die Stufen hinaufzuhelfen.

„Nun ja, einen schönen Anblick bieten wir nicht gerade", murmelte Eriks Schwester.

„Lahmende Abenteurer", meinte Ophelia.

Oben angekommen stellte Ophelia, die noch am besten von allen dran war, die Treppe fertig. Der Eingang zum Tunnel öffnete sich vor ihnen. Fluffy lief voran und signalisierte mit einem beruhigenden „Wuff", dass keine Gefahr bestand. Die jungen Abenteurer begaben sich in den steil aufwärts verlaufenden Gang und beeilten sich, so gut es ging. Ophelia hatte eine neue Fackel entzündet.

Ein Schlurfen. Ophelia drehte sich um.

„Die Spinnen", sagte sie leise.

Die Kreaturen waren nur kurz von dem Beben angeschlagen gewesen und hatten sich dann am Eingang des Tunnels versammelt, um die Verfolgung aufzunehmen. Die Kinder begannen zu laufen, wobei sie Jenna stützten.

„Ins Freie", dachte Frigel. Draußen wären sie in Sicherheit. Die ganze Nacht waren sie in der Mine herumgeirrt, inzwischen war bestimmt die Sonne aufgegangen und Spinnen vertrugen kein Licht. Ja, sie mussten es bloß bis ins Freie schaffen.

Der Tunnel führte nicht ins Freie.

War die Legende mit den Jahren verdreht worden? Oder aber hatte der Ausgang schlichtweg nie existiert? Frigel sollte es nie erfahren. Jedenfalls endete der Tunnel in einer weiteren dunklen Grotte im oberen Bereich des Höhlenlabyrinths.

Sie waren verloren.

Sie waren zu erschöpft, um noch länger zu laufen. Die Spinnen hatten sie fast eingeholt. Es waren Dutzende. Nun war es aus.

Die vier Kinder holten ihre Schwerter hervor und bereiteten sich darauf vor, bis zum bitteren Ende zu kämpfen. Die Monster kamen näher, eine Welle des Schreckens ...

Xanders Stimme hallte zwischen den Wänden wider.

„Auf mein Signal: Achtung, fertig, schießen!"

Es hagelte Pfeile: Die Spinnen wurden auf dem Boden festgenagelt, bevor sie ihre Beute erreicht hatten. Auf der Plattform darüber spannten die Dorfbewohner sofort neue Pfeile ein.

Eriks Vater hielt sein glänzendes Goldschwert hoch und rief:

„Dorfbewohner von Lanniel! Auf zum Angriff! Lasst uns unsere Kinder beschützen!"

„Haroch zu Ehren!", rief der Bürgermeister.

„Woohoo!“, schmetterte Hermeline und überzog die Kreaturen nur so mit Pfeilen.

Eine weitere Woge von Pfeilen dezimierte die Spinnen. Nun gingen die Dorfbewohner gemeinsam, mit Eriks Vater an der Spitze, zu den Monstern herunter und zerschmetterten sie mit ihren Klingen. Frigel, Erik und Ophelia sahen einander an, dann stürzten sie sich voller Enthusiasmus in die Schlacht, angefeuert von Jenna.

Und so geschah es, dass die Erwachsenen und Kinder von Lanniel, dem stolzen Dorf von Haroch dem Mutigen, begleitet von einem aufgeregten Fluffy, voller Energie und mit innerer Überzeugung gegen die Spinnen kämpften und deren Population um ein Vielfaches verminderten.

Epilog

Die Sonne ging über dem Dorf unter, während Hermeline ein üppiges Mahl zubereitete. Das traf sich gut, denn Xander, Ophelia und Frigel, die noch im Garten standen und diskutierten, hatten unglaublichen Hunger.

„Fluffy steht ein fürstlicher Anteil zu, denn ohne ihn wären wir nicht hier", sagte Frigel.

„Wuff", stimmte der Hund ohne viel Bescheidenheit zu.

„Wir haben euch stundenlang gesucht", erklärte Xander. „Aber wir sind in die falsche Richtung gelaufen. Und beim Bart des Askar, diese Grotten sind einfach unglaublich groß.

„Wir sollten Erik und Jenna einladen, sich zu uns zu gesellen“, meinte Ophelia, während sie nach ihnen Ausschau hielt. „Glaubst du, der Rat der Weisen wird sie hart bestrafen?“

Xander schüttelte den Kopf.

„Das würde mich wundern. All das Schlimme, das sie erlebt haben, ist schon Strafe genug. Außerdem werden ihre Eltern sich für sie einsetzen. Du hättest sie sehen sollen, sie hatten solche Angst ... Und ich erst“, fügte er an, während er Ophelia den Arm um die Schulter legte. „Du kannst mir doch nicht solche Angst einjagen, Schwesterchen!“

„Ach“, wiegelte Ophelia ab. „Wir sind in die Minen hinuntergegangen und wieder herausgekommen. Kein Grund, viel Aufhebens zu machen.“

„Frigel, was dich angeht“, nahm Xander seine Gedanken wieder auf. „Ich gratuliere dir. Ich habe gehört, dass du dich heldenhaft verhalten hast. Übrigens verkünde ich euch hiermit offiziell, dass wir das Ergebnis der Schatzsuche prüfen werden“, fügte er lächelnd an. „Immerhin haben die Gewinner betrogen. Ich denke eure Mannschaft hat gute Chancen, zum Sieger erklärt zu werden.“

„Team FFO, bravo!", jubelte Frigel. Die beiden Kinder klatschten sich ab, während Fluffy ausgelassen kläffte.

Sie gingen hinein ins Haus von Hermeline, die gerade mit einem großen Stapel Teller ankam.

„Hey Kinder", sagte sie entschieden, „auch große Abenteurer helfen beim Tischdecken." An Xander gewandt fuhr sie fort: „Was ist eigentlich aus den Ermittlungen der Silbergarden geworden?"

Die Silbergarden waren die königlichen Wachen des Herrschers Lludd Law. Sie durchkämmten das Land auf der Suche nach Hexern, die ihnen entkommen waren, denn im ganzen Hoheitsgebiet war die Magie verboten.

Sie hatten den Ruf, sehr grausam zu sein, und waren in der Umgebung alles andere als geschätzt. Broughs Vater bildete eine Ausnahme: Obwohl er zu den Silbergarden gehörte, war er ein anständiger Mann. „Jedoch kaum klüger als sein Sohn", hatte Ophelia Frigel mal ins Ohr geflüstert.

„Die Silbergarden? Was wollten sie?", fragte Frigel beunruhigt nach.

„Während wir die Rettungsmannschaft aufstellten, kamen sie zu uns", erläuterte Xander. „Du kannst dir vorstellen, dass wir da anderes im Kopf hatten. Sie suchten einen mysteriösen, in Grau gekleideten Mann, einen Hexer, der sich hier in der Gegend versteckt halten soll. Ihr habt keinen solchen Mann gesehen, Kinder?"

„Kein Hexer am Horizont", antwortete Ophelia und nahm sich eine Kelle vom Straußenragout, der Spezialität des Hauses.

Frigel sagte kein Wort und begann zu essen.

„Diese Jagd auf Zauberer, das ist schon merkwürdig", meinte Hermeline. „Zur Zeit meiner Eltern war die Magie ein Teil des Lebens, eine ganz natürliche Sache, niemand wurde deshalb verfolgt oder ins Exil geschickt. Ich erinnere mich, dass im Dorf ein Magier lebte … Ja, sein Gebiet war das Feuer. Mit einer Handbewegung konnte er Funken sprühen lassen. Er konnte Flammen hervorbringen, um sich zu schützen und Monster zu grillen. Das war doch … Ich frage mich, ob es nicht der Großonkel von Mirka war."

„Nein, er war nicht aus Mirkas Familie" widersprach Xander. „Aus der von Bartholomäus? Ich weiß es nicht mehr."

„Übrigens, in der Mine roch es verbrannt", warf Ophelia zerstreut ein.

Sie nahm sich vom Ragout nach und die Konversation wandte sich anderen Themen zu.

* *

Frigel konnte an diesem Abend schlecht einschlafen.

Er legte das Medaillon von Haroch dem Mutigen auf seinen Nachttisch und betrachtete es eine Weile. „Derjenige, der das Medaillon findet, wird ein großer Held werden", sagte die Legende.

Er, ein großer Held? Eine Spinne hatte ihn in Angst und Schrecken versetzt.

„Doch vielleicht bedeutet Mut nicht, dass man keine Angst hat, sondern dass man sich seinen Ängsten stellt", dachte er, während der Schlaf ihn übermannte.

Beim Einschlafen dachte der Junge darüber nach, was die Zukunft für ihn bereithielt.

Dabei war die Gegenwart schon kompliziert genug. Warum hatte Frigel Hermeline und Xander nicht von dem Mann in Grau erzählt? Schwer zu sagen. Vielleicht wollte er niemanden an die Silbergarden verraten. Vielleicht hoffte er, mehr von seinem Vater zu erfahren, schließlich hatte der Mann ihn erwähnt.

Und dann waren da diese Erdbeben. Waren sie das Werk des Mannes in Grau? Wurden sie verursacht von der Maschine, die Frigel am Grund des Spalts in der Erde gehört hatte? Wenn es denn eine Maschine war ...

So viele Mysterien! Doch zunächst war es Zeit zu schlafen.

Fluffy rollte sich neben Frigel ein. Der Junge träumte von Abenteuern.

* *

Jenna tat sich an diesem Abend auch schwer mit dem Einschlafen.

Der Kamin erlosch allmählich. Der Knöchel schmerzte noch etwas, doch das Mädchen konnte mit einem Stock laufen. Das war es nicht, was Jenna wachhielt.

Sie sah sich unauffällig um. Sie und ihr Bruder waren allein in ihrem kleinen Schlafzimmer und Erik schnarchte schon. Jenna atmete tief ein und schnipste dann mit den Fingern.

Nichts.

Neuer Versuch.

Funken stoben empor und lösten sich ebenso schnell in Luft auf.

Erschreckt vergrub das Mädchen den Kopf unter der Decke.

* *

Der Himmel war blau, der Morgen vergnügt. Frigel war gerade erst aufgestanden, als es an der Tür klopfte. Da Hermeline zu einem Besuch aufgebrochen war, öffnete er selbst.

„Hi, hallo", sagte Erik, dem eine gewisse Befangenheit anzumerken war.

Er hielt das diamantene Schwert in der Hand. Brough und Jenna, letztere mit bandagiertem Knöchel, warteten lächelnd hinter ihm.

„Sie haben die neuen Ergebnisse der Schatzsuche noch nicht bekannt gegeben", erklärte Erik. „Aber ich denke, dass dies hier dir zukommt", sagte er, indem er Frigel das diamantene Schwert hinhielt. „Na ja, dir und Ophelia."

„Hey", erwiderte Frigel verlegen, während er das Schwert entgegennahm. „Das ist sehr … Danke!"

„Danke, dass du mitgekommen bist und mir geholfen hast", sagte Erik.

Eine peinliche Stille breitete sich zwischen den Jungen aus. Fluffy bellte sichtlich zufrieden.

„Also gut", sagte Jenna, die angesichts der Versöhnung zwischen den beiden Jungen sichtlich glücklich war. „Gehen wir spielen?!"

ENDE VON BAND 1